Liesel Albers

Gemordet wird am Wochenende
Kriminalistische Kurzgeschichten

Liesel Albers

Gemordet wird am Wochenende

Kriminalistische Kurzgeschichten

Re Di Roma-Verlag

Bibliografische Information der Deutschen
Nationalbibliothek:
Die Deutsche Nationalbibliothek verzeichnet diese
Publikation in der Deutschen Nationalbibliografie;
detaillierte bibliografische Daten sind im Internet über
http://dnb.ddb.de abrufbar.

Wer auch immer diese Kriminalgeschichten liest: Sie sind
frei erfunden. Die Auswahl der Orte, Schauplätze und
Straßen habe ich willkürlich getroffen.
Weiterhin möchte ich anmerken: Eine Ähnlichkeit mit lebenden oder verstorbenen Personen ist keineswegs beab-
sichtigt.
Liesel Albers

ISBN 978-3-86870-780-9

Copyright (2015) Re Di Roma-Verlag

Umschlagbild: © Liesel Albers

www.rediroma-verlag.de
9,95 Euro (D)

Inhalt

Nahtlos braun

»Kaltblütig aus dem Hinterhalt erschossen. Und das am Sonntagvormittag«, kommentierte Inspektor Mahlden mit sonorer Stimme.

Zu einer unchristlichen Zeit – immerhin war es erst 8.55 Uhr – stand er hier in der extravagant ausgestatteten Küche des ermordeten Schönheitschirurgen Dr. Arnulf Wieht.

Der Mediziner lag unmittelbar im Durchgang zum Esszimmer. Das gesamte Mobiliar – in schwarz/weiß gehalten – zeugte von erlesenem Geschmack und Stil. Die knapp zehn Meter lange Fensterfront bot einen traumhaften Ausblick auf die Terrasse und den großzügig angelegten Park des Anwesens. Eine wahrlich beeindruckende Kulisse. Besonders imposant wirkte der Riesenmammutbaum, der inmitten der äußerst gepflegten Rasenfläche stand. Für gewöhnlich war er ausschließlich in Nationalparks und einigen wenigen Botanischen Gärten zu bewundern.

Letztendlich jedoch blieb sein geschulter Blick an der überdimensional breiten Terrassentür hängen, die leichte Kratzspuren aufwies.

Ganz unvermittelt, und mit einem gewissen Argwohn, betrachtete er die Nichte des Opfers, die noch immer neben ihm stand und bislang beharrlich geschwiegen hatte.

»Wie spät war es, als Sie Ihren Onkel hier tot auffanden«, fragte der Beamte.

»Exakt 6.30 Uhr. Habe gleich auf meine Armband-uhr geschaut. Wir frühstückten immer gemeinsam um diese Zeit. Selbst am Wochenende war es hier üblich, so zeitig am Tisch zu erscheinen«, gab Helena mit säuerlicher Miene zur Antwort.

Dafür, dass sie soeben – und das auf tragische Weise – ein eng vertrautes Familienmitglied verloren hatte, wirkte sie auffallend cool.

Als Mahlden sie nach dem Grund ihrer Wohnge-meinschaft mit dem Ermordeten befragte, zeigte sie sich außergewöhnlich redselig und begann, ihre Le-bensgeschichte zu erzählen.

»Meine Eltern verstarben früh! Viel zu früh! Ein Autounfall riss sie jäh aus dem Leben. Der Unfallher-gang konnte nie so wirklich rekonstruiert und aufge-klärt werden. An dem Wagen sei gepfuscht bzw. ma-nipuliert worden, hieß es damals. Der Vertragswerk-statt jedoch, in der das Fahrzeug unmittelbar vorher zur Inspektion war, konnte man nichts nachweisen. Sie wusch sich ihre Hände in Unschuld, sozusagen. Mein Vater – ein angesehener Oberstaatsanwalt am Landge-richt Brekkum – hatte gewiss mehr Feinde als Freun-de. Ich persönlich bringe seine berufliche Tätigkeit noch heute mit dem tödlichen Unfall in Verbindung.

Zu dem Zeitpunkt, als ich meine Eltern verlor und das ganze Dilemma begann, war ich 12 Jahre alt.

Ich wuchs bei den Verwandten auf und wurde stets hin- und hergereicht. Mit ihren veralteten Erzie-hungsmethoden konnten sie bei mir nicht landen.«

Helena Winthauß lächelte ironisch und fuhr mit der linken Hand durch ihr sonnengebräuntes Gesicht.

»Während der Schulferien allerdings durfte ich mir stets den nordfriesischen Wind um die Nase wehen lassen. In Kampen auf Sylt. Bei Dominik und Kai, den beiden jüngsten Brüdern unseres Vaters.«

Dem Inspektor war es nicht entgangen, dass sie plötzlich von »unserem« Vater sprach.

Gab es möglicherweise noch Geschwister, die Helena bis dato nicht erwähnt hatte? Mahlden machte sich eine kurze Notiz.

»Wie Sie sicherlich wissen, gilt Kampen als das bekannteste Dorf in Deutschland. Promis aus Wirtschaft, Politik und Kultur genießen den Luxus der Nordseeinsel. Viele Künstler, wunderschöne Strände. Das war DOLCE VITA pur für mich. Habe es stets genossen, dort jährlich sechs Wochen lang heimisch zu sein. Es ist einfach traumhaft schön, auch mal dazuzugehören, wenn Sie verstehen, was ich meine«, fuhr sie fort und zwinkerte dem Beamten vielsagend zu.

Selbstverständlich war ihm klar, was sie damit zum Ausdruck bringen wollte. Auch ohne diese Äußerung hatte er Helena Winthauß gleich richtig einschätzen können. Sie zählte zu den Frauen, die nicht nur den außergewöhnlichen, sondern auch den üppigen Lebensstil bevorzugen!

Ihre Geschwätzigkeit, die möglicherweise auch sehr hilfreich sein konnte, ging ihm allerdings inzwischen leicht gegen den Strich. Die Fragen, die er an sie richten wollte, brannten ihm auf den Nägeln.

Als hätte sie es geahnt! Ihr Schlusssatz lautete:

»Na ja, und letztlich bin ich dann hier bei Arnulf Wieht hängen geblieben. Mein guter alter Onkel - mütterlicherseits -, der sich meiner erbarmte und mir hier vor zwei Jahren einen festen Wohnsitz anbot.«

Mit Erleichterung stellte Mahlden fest, dass dieser Satz das Ende ihres Monologs bedeutete.

»Frau Winthauß, Ihre Geschwister haben Sie bislang noch mit keiner Silbe erwähnt«, begann der Beamte.

»Geschwister?« Mit schallendem Gelächter stellte Helena die Gegenfrage: »Wie kommen Sie denn auf die absurde Idee?«

»Sie haben den Ernst der Lage ganz offensichtlich noch gar nicht erkannt. Es handelt sich jetzt und hier nicht um ein Geplänkel, sondern um ein offizielles Verhör«, konterte der Kommissar.

Betretenes Schweigen! Damit hatte die Nichte des Ermordeten nicht gerechnet. Wie hatte der Kerl herausbekommen, dass es da noch einen Halbbruder gab. Ganz offensichtlich war John damit gemeint. Ihre Eltern adoptierten ihn neun Jahre vor ihrer Geburt. Der wahre Hintergrund für diese Entscheidung war ihr bis zum heutigen Tag verborgen geblieben. John verhielt sich extrem auffällig und war das schwarze Schaf in

10

der Familie. Als er volljährig war, verschwand er von der Bildfläche. Bei Nacht und Nebel! Den Presseberichten zufolge war J.W. in den darauf folgenden Monaten mehrfach straffällig geworden. Man bezichtigte ihn unter anderem des Diebstahls, der Zuhälterei und des Drogenhandels.

»Ja«, erwiderte Helena Winthauß zögernd, »da gibt es noch diesen Typen, dessen Halbschwester ich bin. Möchte jedoch nicht mit ihm in Verbindung gebracht werden!«

Ihre kurze und prägnante Aussage genügte dem Inspektor allerdings nicht, und er ließ nicht locker.

»Ihr Aufenthaltsort ist Ihrem Bruder bekannt?«, bohrte er weiter. Helena zuckte nur mit den Achseln und war heilfroh, dass das Verhör – wie Mahlden es nannte – zwangsläufig unterbrochen wurde. Er erhielt soeben einen Anruf auf seinem Handy.

Eine aufschlussreiche Info aus der Rechtsmedizin bezüglich der Todeszeit des Dr. Arnulf Wieht. Gleich im Anschluss daran folgte das zweite Gespräch. Die Spurensicherung meldete sich mit dem Ergebnis ihrer Untersuchung, die sie in den frühen Morgenstunden im Hause des Ermordeten durchgeführt hatte.

Helena nutzte die Gunst der Stunde und verließ eilends den Raum mit den Worten: »Muss mal dringend zur Toilette.«

Entweder führte sie Selbstgespräche, telefonierte, oder sie unterhielt sich mit einer weiteren Person, die sich im Haus aufhielt, denn der Inspektor hatte längst aufgelegt, als die junge Frau noch immer nicht zurückgekehrt war und er deutlich ihre Stimme im Flur vernahm. Der Beamte begab sich zur Tür, die zum Korridor führte und versuchte, zumindest Bruchteile des Gesprächs wahrzunehmen.

»Das ist idiotisch! Lass dich hier bloß nicht blicken. Deine Hilfe annehmen? Dass ich nicht lache! Wenn es wirklich um etwas geht, dann bist du ein erbärmlicher Versager. Hast es doch gerade jetzt wieder einmal unter Beweis gestellt. Ich habe mir die Suppe selbst eingebrockt und bin sehr gut ohne deine Hilfe klargekommen. Diese Sache hier geht ganz allein auf mein Konto – im wahrsten Sinne des Wortes. Bezüglich der Kohle musst du dir absolut keine Hoffnung machen. Die Alleinerbin hier bin ich!«

Das genügte! Dem Kommissar war keine Silbe entgangen. Er hatte seinen Platz wieder eingenommen und wartete mit stoischer Ruhe auf die Nichte des Ermordeten, die ihm dann allerdings sichtlich nervös gegenübertrat, nachdem sie das Gespräch beendet hatte.

»Tut mir Leid. Hat etwas länger gedauert. Musste noch kurz ein Telefonat führen.« Sie bemühte sich, forsch zu wirken und berichtete dem Kommissar von einem Gespräch mit ihrer Freundin, mit der sie schon seit Wochen im Clinch liege, und der sie soeben ordentlich die Meinung gesagt habe. Dem Beamten jedoch war sonnenklar, dass sie ganz gewiss nicht mit einer Freundin gestritten hatte.

Er erhob sich von seinem Stuhl und bemerkte: »Im Moment wirken Sie ein wenig überfordert. Es wäre sinnvoller, unser Gespräch am morgigen Tag fortzusetzen.«

»Das darf nicht wahr sein«, entrüstete sie sich. »Sie haben sich ja noch nicht einmal die Einbruchspuren angesehen!«

»Natürlich nicht«, antwortete Mahlden. »Dieser Aufgabe kamen doch die Kollegen von der Spurensicherung bereits in aller Herrgottsfrühe nach.« Trotzig baute Helena sich vor ihm auf und konterte: »Es ist aber verdammt wichtig! Die Crew von heute Morgen deutete allen Ernstes an, von außen habe sich nie und nimmer jemand an der Terrassentür zu schaffen gemacht. Es muss aber so gewesen sein! Ich poche darauf, dass Sie sich ein persönliches Bild davon machen«, forderte sie ihn unwirsch auf.

»Sie sprechen sicherlich von dem abgekratzten Lack an der Innenseite der Tür. Hier handelt es sich um eine bewusst herbeigeführte Beschädigung – wahrscheinlich mit einem Küchenmesser. Unprofessionell gemacht! Ich würde sagen: dilettantisch! Wurde bereits im Bericht der Kollegen vermerkt.«

Mit den Worten: »Machen wir Feierabend für heute«, bewegte sich der Kommissar gelassen auf die

Haustür zu, als er sich noch einmal zu Helena umdrehte, die ihm gefolgt war. »Um Ihre Bräune werden Sie doch gewiss von all Ihren Freundinnen beneidet, oder?«

»Na klar! Nahtlose Bräune!«, entgegnete sie mit einem gewissen Stolz. »Als absolute Sonnenanbeterin tragen Sie gewiss nicht einmal eine Armbanduhr, oder?«

Mit einem inbrünstigen: »Niemals«, bejahte sie mit Nachdruck die Frage des Inspektors.

»Das zuzugeben war jetzt Ihr größter Fehler, Frau Winthauß. Definitiv steht fest: Der Tod Ihres Onkels trat – laut Bericht der Rechtsmedizin – erst nach 7.00 Uhr ein. Genauer gesagt: Zwischen 7.00 Uhr und 7.30 Uhr. Sie schauten selbstverständlich nicht auf Ihre Armbanduhr – wie Sie zu Protokoll gaben – da sich keine Uhr an Ihrem Handgelenk befand. Die Leiche Ihres Onkels haben Sie somit auch nicht um exakt 6.30 Uhr entdeckt, denn das war gar nicht möglich. Zu dieser Uhrzeit weilte er noch unter den Lebenden! Ich verdächtige Sie des Mordes an Doktor Arnulf Wieht und nehme Sie fest.«

Black Angel

Man nannte sie »BLACK ANGEL«.

Samira Kant war 20, hatte die Traummaße eines Top Models, ihre schwarze Haarpracht, die sie bewusst in unregelmäßigen Abständen offen präsentierte, reichte bis zur Taille. Ein Aufsehen erregender Blickfang für die Kommilitonen, eine wahre Konkurrenz für das weibliche Geschlecht an der »First Class« Uni in München, der LMU – einer der renommiertesten und traditionsreichsten Universitäten Europas.

»Heißes Geschoss, und obendrein ist sie noch gut betucht«, war das offene Geheimnis der Studenten untereinander, denen sie tief in die Augen blickte, wenn sie ihr auf den Treppenstufen zum Hörsaal im zweiten Stock begegneten.

Samira hatte sich auf das penetrante Drängen ihres Vaters eingelassen und für das Medizinstudium entschieden. Der »Patriarch«, wie sie ihn nannte, war in der Funktion als »Herrgott in Weiß« an einer Privatklinik tätig. Er hatte sie dezidiert wissen lassen, dass sein »Geldhahn« nur dann für sie »in action« bliebe, wenn sie seinem Wunsch Folge leistete. Der »Alte Herr« hatte Durchsetzungsvermögen! Nicht nur beruflich, sondern auch im häuslichen Bereich!

Ihrer Freundin gegenüber hatte sie sich gleich nach dem exzellent bestandenen Abitur anvertraut mit dem Satz: »Bevor ich auf die Finanzspritzen des Familienoberhauptes verzichte, beuge ich mich seiner Forderung. Die Hoffnung auf meinen Traumberuf – später einmal als Chemikerin in der freien Wirtschaft tätig zu sein – habe ich somit ad acta gelegt.« Ungläubig hatte Erhard Kant seine Tochter angestarrt, als sie ihn vier Tage vor Semesterbeginn davon in Kenntnis setzte, in eine WG an der Leopoldstraße einziehen zu wollen. Bis dato ahnte er nichts davon.

»Ich glaube, du bist nicht ganz normal«, wetterte er lautstark und zornentbrannt. Der Mann war außer sich vor Wut. »Du hast hier ein exklusives Zuhause mit stilvollem Ambiente! Das willst du eintauschen gegen eine erbärmliche Bude?«

Herr Professor Doktor schlug mit der Faust auf den Tisch, um seinen Sätzen Nachdruck zu verleihen. »Wer sind die weiteren Mitbewohner? Wahrscheinlich alles Proleten! Du schreibst sie mir umgehend auf eine Liste und legst sie mir am Abend vor. Das ist ein Befehl, und ich dulde keine Widerrede«, herrschte er seine Tochter an.

Dieses Szenario hatte sich vor exakt acht Monaten in der häuslichen Villa in München-Pullach abgespielt. Samira konnte den Vater – dank ihrer kreativen Ader – davon überzeugen, dass sie sich mit dem Umzug in die WG in adäquate Gesellschaft begab. Auf der Liste, die sie tatsächlich anfertigte, befanden sich vier Namen, die durchaus der crème de la crème zuzuordnen waren. In der Hoffnung, der Patriarch würde aus Zeitmangel keine Nachforschungen betreiben, stattete sie die Nachnamen zweier Kommilitoninnen mit einem

»von« aus. Aus Laura Waldheim wurde kurzerhand Laura »von« Waldheim, und der Hausname der Studentin Sarah Vonstede wurde schlicht und einfach abgeändert in »von Stede«. Somit hatte sie die beiden jungen Damen zwangsläufig in den Aristokratenstand erhoben. Die dritte im Bunde war Juliana Niehaus zu Hohberge. Der Name war schon in seinem Ursprung so eindrucksvoll, dass er keiner Korrektur bedurfte.

Laura »von Waldheim«, Theresa »von Stede« und Juliana Niehaus zu Hohberge amüsierten sich köstlich über den Einfallsreichtum ihrer Mitbewohnerin, als sie in der Gemeinschaftsküche saßen und mit einem erstklassigen Rotwein, der aus dem Keller des Herrn Professor Doktor Kant stammte, den kurzweiligen Tag ausklingen ließen.

»Maximilian ist noch gar nicht zurück«, bemerkte Samira plötzlich. »Hast du dem etwa auch einen Adelstitel zugedacht?«, hinterfragte Theresa ihre Äußerung mit leicht spöttischem Unterton. »Nein! Das war absolut nicht notwendig. Maximilians Eltern sind Freunde meines Vaters. Großunternehmerfamilie! Seit ewigen Jahren gemeinsam im Golfclub! Mein alter Herr wird Stielaugen bekommen, wenn er den Namen Maximilian Kriesing auf der Liste entdeckt«, gab sie spontan zur Antwort und schaute heimlich zur Uhr.

Mit dem Satz: »Muss mal eben eine Eintragung in den Kalender machen«, verschwand die junge Dame in ihre eigene Kemenate, die ganz im Designerstil eingerichtet war.

Schwarzes Mobiliar, die individuellen Accessoires passend dazu in unterschiedlichen Rottönen.

»Deine Bude wäre ein Albtraum für mich«, bekannte Laura offenherzig, als sie das Interieur von Samira Kant erst nach etlichen Wochen bewusst ein wenig näher betrachtete.

»Exzentrisch! Aber es passt zu dir, BLACK ANGEL. Außerdem hältst du dich ja – wie man bereits feststellen konnte – nur selten hier auf«, war ihr Kommentar, dem sie ein nachdenkliches Stirnrunzeln hinzufügte.

Durch besonderen Ehrgeiz zeichnete sich die junge Frau während ihrer Studienzeit in München tatsächlich nicht aus. Ihr Interesse galt mehr der Studentenkneipe nebenan – dem CADU – ebenfalls an der Leopoldstraße gelegen. Eine Kneipe, die unverkennbar für Studenten ausgelegt war. Geprägt von Gemütlichkeit nicht nur im Inneren der Immobilie, sondern auch unter dem überdachten Vorhof, der das Freiluftambiente selbst bei schlechtem Wetter ermöglichte. Sie liebte es, dort stundenlang am Tresen zu hocken, sich in allgemeine Diskussionen einzubringen, genoss die exotischen Cocktails und vor allen Dingen die heißen Blicke vieler Verehrer. Am Wochenende allerdings wurde sie von Maximilian begleitet. Dieses war zu einem festen Ritual geworden. »Du bist meine große Liebe, und das wird auch immer so bleiben«, gestand er ihr bereits am Ende der ersten Woche nach dem Einzug in die gemeinsame WG. Zugegeben: Er war hilfsbereit, liebenswürdig und recht charmant, doch absolut kein DON JUAN. Sie schenkte ihm ihre Zuneigung. Mehr nicht!

Das Verhängnis nahm seinen Lauf, als Samira an einem sonnigen Tag im August den Fabrikanten Alexander Grafmann auf der Hohenzollernstraße kennen lernte. Die Studentin hatte sich wieder einmal kurz entschlossen eine »Auszeit« von den Vorlesungen genommen und machte einen ausgiebigen Stadtbummel. Dank Vaters Überweisung in Höhe von 1000 Euro als Taschengeld, wollte sie sich ein paar Kleinigkeiten gönnen.

Der graumelierte Herr – geschätzte 50 – stand plötzlich neben ihr, als sie mit großem Interesse die Auslagen im Armani Jeans Shop betrachtete. Samira schlenderte weiter, und es war keineswegs zu übersehen, dass er ihr auf Schritt und Tritt folgte. Vor der Parfümerie »La Beauté« sprach er sie an.

»Ich tippe, Sie entscheiden sich für »Cloé«. Passt zu Ihnen.«

»Nein«, erwiderte sie mit ihrem unwiderstehlichen Lächeln. »Nein, ich benutze derzeit ausschließlich das Parfum »Boss Nuit Pour Femme«. Ist ein super cooler Duft!« Seine sonore Stimme gefiel ihr.

»Sonore Stimmen sind ganz einfach sexy«, hatte Britta mehrfach geäußert, die mit ihr gemeinsam bis zum Abitur das Gymnasium besuchte und total verknallt war in den Mathelehrer, der nicht nur dieses Attribut vorzuweisen hatte. Er war schlechthin der

Schwarm aller Schülerinnen der Oberprima. BLACK ANGEL konnte ihr nicht nur damals beipflichten, sondern empfand auch heute noch ein prickelndes Gefühl, das unter die Haut ging, wenn sie an den Herrn Studienrat dachte. Die Ähnlichkeit mit diesem Mann, der sie soeben in ein Gespräch verwickelt hatte, war frappierend. Vielleicht ein wenig älter, aber ansonsten: Der gleiche Typ!

»Sorry, ich habe mich Ihnen noch gar nicht vorgestellt«, bemerkte er. »Ich bin Alexander Grafmann. Darf ich Sie nach dem Einkauf Ihrer aufregenden Duftnote noch ins Café Florian einladen?«

»Wenn Sie hier brav wie ein Dackel auf mich warten, dann ließe sich darüber reden«, gab sie zur Antwort. Grafmann nickte vielsagend. Ihre Schlagfertigkeit imponierte ihm. Das Shopping dauerte allerdings länger, als er erwartet hatte. Alexander Grafmann empfand es zwar als Provokation pur, doch wer konnte dieser bildhübschen Studentin schon etwas übel nehmen.

Es waren nur wenige hundert Meter bis zur Restauration, die ihr Begleiter vorgeschlagen hatte. »Nette Location, und der Kaffee ist excellent. Eine phantastische Adresse zum Entspannen«, schwärmte Samira, nachdem sie sich relaxed zurückgelehnt hatte und ihn mit großen Augen erwartungsvoll anschaute. Sie war sich ihrer imaginären Ausstrahlung durchaus bewusst und setzte sie – wie gewohnt – gezielt ein.

An diesem Tag begann das Spiel mit dem Feuer. Ein

tödliches Spiel! Aus einem anfänglichen Flirt wurde bitterer Ernst. Nachdem Alexander ihr seine Adresse genannt hatte und sie darum bat, gleich am übernächsten Abend zu ihm zu kommen, läuteten bei ihr die Alarmglocken. Ausgerechnet am Samstag!

Dieser Mann brachte sie in Schwierigkeiten. Wie sollte sie das Maximilian erklären? Die Sache begann kompliziert zu werden. Samira bemühte sich, ihre neue Bekanntschaft umzustimmen. »Wäre ein anderer Wochentag auch ok?«, raunte sie ihm zu. Ein wenig verdutzt war Grafmann schon über ihre Reaktion. Hatte die Studentin doch im vorangegangenen Gespräch kurz erwähnt, dass sie auch die Wochenenden in der WG an der Leopoldstraße verbrachte.

»Sie haben den Abend bereits verplant?«, fragte er. Samiras Antwort: » Ja, ja! Purer Zufall! Bin zum Geburtstag einer Studienkollegin eingeladen.« Der Satz kam wie aus der Pistole geschossen. »Dann nehmen wir doch ausnahmsweise mal den Freitag. Gleich Morgen also«, schlug er kompromissbereit vor.

Das Wort »ausnahmsweise« gefiel ihr absolut nicht. Sie war sich sicher, ihre neue Bekanntschaft wollte damit zum Ausdruck bringen, dass weitere Treffen angesagt waren, die immer am Wochenende stattfinden sollten. BLACK ANGEL geriet in arge Schwierigkeiten! Maximilian würde platzen vor Wut, wenn sie den gemeinsamen Besuchen im CADU ein Ende setzte. Ihr war klar, dass sie taktisch klug vorgehen musste, um keine Rivalität zwischen den beiden aufkommen zu lassen und entwickelte folgende Strategie: Treffen mit Maximilian von 19.00 Uhr bis um 21.00 Uhr, danach ein Taxi nehmen, um gegen 21.15 Uhr bei Alexander Grafmann einzutreffen.

Was sollte er schon dagegen haben, wenn sie erst zu leicht vorgerückter Stunde bei ihm erschien. Ihr würde schon etwas Plausibles einfallen, dass sie gerade am Sonnabend nicht zeitiger abkömmlich war. Allerdings wusste sie: Wer lügt, muss ein gutes Gedächtnis haben. Jedoch allein darauf wollte die Studentin sich nicht verlassen. Auf keinen Fall durfte sie den Überblick verlieren! Somit trug sie jetzt die Termine, die das Wochenende betrafen, nicht nur in ihr Notizbuch ein, sondern auch in den Wandkalender, der neben ihrem Schreibtisch hing.

SAMSTAG: 19.00 Uhr Maximilian
              21.15 Uhr A.G. Mauerkircherstr.7

Die Sache schien inzwischen zu funktionieren. Samira fühlte sich absolut auf der sicheren Seite! Bereits zum fünften Mal war alles glatt über die Bühne gegangen. Zumindest hatte es den Anschein!

Am 15. September jedoch wendete sich das Blatt! BLACK ANGEL und Alexander saßen behaglich auf der Terrasse, genossen einen australischen Rotwein und schmiedeten gemeinsame Urlaubspläne. Voller Euphorie sprach Grafmann von Mexico City, der pulsierenden Stadt zwischen »alt und neu«, wie er sie bezeichnete. »Der charmanteste Stadtteil, der den Namen »Künstlerviertel« tatsächlich verdient, ist COYOA-CAN«, schwärmte er. Alexander wollte fortfahren und von der Basilica de Guadalupe berichten, als im Haus das Telefon klingelte. Mit den Worten: »Entschuldige bitte, bin gleich zurück«, verließ er die Terrasse.

Samira Kant wurde langsam ungeduldig. Das Gespräch schien eine Ewigkeit zu dauern. Offensichtlich eine wichtige Angelegenheit! Auseinandersetzung mit einem Kunden? Ärger privater Natur? Die Studentin erhob sich aus ihrem bequemen Rattansessel und schlenderte zum Gartenteich, um die drei neuen Kois zu begutachten, die Alexander erst am Mittwoch erworben hatte.

Leise, sehr leise musste er ihr gefolgt sein, denn urplötzlich stand er hinter ihr. »Ich bin enttäuscht. Bitter enttäuscht«, sagte er. Samira sah ihn fragend an. Stolz warf sie ihren Kopf zurück, ließ die schwarzen Locken über ihre Schultern gleiten und setzte verführerisch ihr gekonntes Unschuldslächeln auf, das ihren Alexis – wie sie ihn liebevoll nannte – für gewöhnlich zum Schmelzen brachte. Dieses Mal jedoch verfehlte ihr gespielter Gesichtsausdruck gänzlich seine Wirkung. »Ich habe soeben mit einem Mann namens Maximilian telefoniert. Du hast mir deine intensive Beziehung zu ihm nie erwähnt und offensichtlich bewusst verschwiegen.«

Seine Stimme wurde laut. BLACK ANGEL erkannte, wie das Blut in den Adern ihres Lovers zu kochen begann und sein Blick sich bedrohlich verfinsterte. Na und? Sie hielt es für absurd, in die Rechtfertigungsposition zu gehen. Immerhin war es ihre Sache, wie und mit wem sie ihre Freizeit verbrachte.

Bevor der Streit vollends zu eskalieren drohte, griff sie nach ihrer Handtasche und schritt hoch erhobenen Hauptes durch die Eingangshalle. Energisch öffnete sie die Haustür und ließ Alexander stehen, ohne ihn auch nur eines einzigen Blickes zu würdigen.

Samira Kant wurde um 7.50 Uhr von einem Spaziergänger im Englischen Garten gefunden. Erschlagen!

»Die Tat geschah gegen Mitternacht«, erklärte der Rechtsmediziner dem Dienst habenden Inspektor Ruff. »Der scharfkantige Gegenstand traf sie direkt am Hinter Kopf«, ergänzte er.

Im Notizbuch der Ermordeten fand Ruff zwei Termine.

Samstag: Maximilian 19.00 Uhr / 21.15 Uhr A.G. Mauerkircherstraße 7 hatte Samira für den Abend notiert.

Die Kontinuität dieser Aufzeichnungen war nicht zu übersehen. Hatte sie doch ebenfalls an den Wochenenden zuvor immer den gleichen Eintrag in ihr Notizbuch gemacht. Da die Tote ihren Studentenausweis bei sich trug, machte der Beamte sich auf den Weg zur Leopoldstraße 11. Er baute darauf, dort jemanden anzutreffen, der ihm Auskunft erteilen konnte über das Opfer.

Maximilian Kriesing, der als einziger auch an den Sonntagen in der WG verblieb, öffnete verschlafen die Tür. »Was gibt es?«, murmelte er.

»Samira Kant wurde heute Morgen tot aufgefunden«, sagte Ruff. »Ich habe Informationen, dass Sie gestern Abend noch mit ihr zusammen waren.«

»Ja, das ist richtig. Bis ca. 21.00 Uhr. Wir hatten eine kleine Auseinandersetzung, weil sie sich noch mit einem anderen Mann traf. Da habe ich unsere Beziehung beendet.« Nur sehr zögernd war ihm diese Antwort über die Lippen gekommen.

»Und wie sind Sie auf seine Spur gekommen?«, wollte der Inspektor wissen. »Ich habe auf ihrem Kalender Notizen über einen Alexander entdeckt«, erklärte Maximilian. »Somit habe ich den Kerl angerufen. Er behauptete, dass Samira nur ihn liebe und dass ich mich nicht einmischen solle.«

»Dann habe ich noch eine Bitte an Sie«, wandte der Beamte ein. »Können Sie mir einmal das Zimmer der Ermordeten zeigen?« Bereitwillig öffnete der Student die Tür und ließ den Kommissar eintreten. Ein flüchtiger Blick auf den Wandkalender neben dem Schreibtisch genügte. Die Eintragungen gingen konform mit denen, die sie in ihr Notizbuch gemacht hatte. Der ausgeschriebene Name »Alexander« tauchte nicht auf und ebenfalls keine Telefonnummer des Mannes. Wohl aber die Adresse:

Mauerkircherstraße 7, als auch die Initialen A.G.

Der Beamte hatte sich bereits verabschiedet und war im Begriff, die Wohnung wieder zu verlassen, als er sich nochmals dem Studenten zuwandte mit der Frage: »Erwähnte Samira, dass sie sich am gestrigen Abend noch mit Alexander treffen wollte?« »Das interessierte mich gar nicht mehr«, erwiderte Maximilian. »Aber wenn sie bei ihm war, ist sie auf dem Heimweg durch den Englischen Garten ihrem Mörder sicherlich in die Arme gelaufen. Es war garantiert ein Raubüberfall. Als sie sich wehrte, hat der Täter sie vermutlich erschlagen.«

Der Beamte fuhr zur Mauerkircherstraße Nummer 7.

»Ja, Samira war ab 21.15 Uhr hier bei mir«, gab Alexander Grafmann zu Protokoll.

»Wussten Sie, dass sie noch einen weiteren Lover hatte?«, wollte Ruff wissen.

»Bis gestern nicht«, sagte Grafmann. »Mich rief ein gewisser Maximilian an und erzählte, dass die Studentin ein Doppelleben führt. Zunächst habe ich ihm kein Wort geglaubt, doch dann stiegen Zweifel in mir auf. Es kam zu einem heftigen Streit zwischen Samira und mir. Wortlos nahm sie ihre Tasche und ging. Selbst in das Taxi, das ich für sie gerufen hatte, ist sie nicht mehr eingestiegen.«

Für den Inspektor war der Fall sonnenklar und ersparte ihm weitere Ermittlungen.

Maximilian hatte sich arg in Lügen verstrickt. Die

Tote hatte keine Eintragung in ihren Wandkalender gemacht mit dem Namen: Alexander Grafmann. Auch eine Telefonnummer wurde hier nicht schriftlich fixiert. Anhand der Initialen und insbesondere der Anschrift hatte er den Nebenbuhler aufgespürt.

BLACK ANGEL wurde von Maximilian Kriesing ermordet. Beim Verhör erwähnte Kriesing, dass sie im Englischen Garten erschlagen wurde. Inspektor Ruff allerdings hatte dies mit keiner Silbe erwähnt.

Die Falle schnappt zu

Die schlurfenden Schritte vor ihrer Korridortür waren wieder einmal nicht zu überhören. Bereits der dritte Abend, an dem sie sich von diesem unangenehmen Geräusch belästigt fühlte. Wie gebannt starrte sie auf die Turmuhr der unmittelbar angrenzenden Kirche. Es war exakt 18.00 Uhr. Der Sturm brauste, und es war bitterkalt. Sie hätte sich einen anderen Ort suchen sollen, um einen Neubeginn zu starten. Doch den Mietvertrag für die kommenden drei Jahre hatte Irina – zugegebenermaßen – bereits im September bedenkenlos unterschrieben. Möglicherweise war es der zweitgrößte Fehler, den sie in ihrem Leben begangen hatte.

Paul – ihr Ex-Ehemann – warnte sie mehrfach davor, in ihre Heimatstadt zurückzukehren. »Da werden die Bürgersteige noch immer um spätestens 22.00 Uhr hochgeklappt, das kann ich dir versichern«, war sein zynischer Kommentar, als sie ihn von ihrem Vorhaben in Kenntnis setzte.

Typisch Paul. Immer alles mies machen! Ständig den Oberlehrer herauskehren! Stets Opposition! Ein potentieller Nörgler und Querulant. Apropos Oberlehrer! Vier Jahrzehnte lang hatte er an den Berufsbildenden Schulen in Dortmund unterrichtet. Nur seinetwegen war sie damals in den Ruhrpott übergesiedelt. Harte Zeiten! Spät! Viel zu spät hatte sie erkannt, dass dieser Mann ein wahrer Tyrann war. Hinzu kam seine grenzenlose Eifersucht, die absolut unberechtigt war und

28

jeder Grundlage entbehrte. Ein Hirngespinst, das sich in seinen Kopf fest eingebrannt hatte.

Weshalb nur war sie auf diesen Schuft hereingefallen. Zugegeben: Er sah gut aus. Verdammt gut! Blondes Haar, strahlend blaue Augen, gepflegter Oberlippenbart. Durch sein charmantes Wesen, das sichere Auftreten und die angeborene Fähigkeit, sich hervorragend zu verkaufen, ließ sie sich, bevor sie die Ehe mit ihm einging, komplett blenden. Seine außergewöhnliche Gerissenheit war ihr allerdings viele Jahre, um nicht zu sagen Jahrzehnte lang, verborgen geblieben. Das Schikanieren von Schülern, insbesondere von Schülerinnen, hatte er sich offensichtlich zum Hobby gemacht. Die Schulleitung drohte ihm mehrfach mit einer Abmahnung. Nachweisen konnte man dem Pädagogen allerdings nichts. Gar nichts!

Diese Info hatte Jo Hassmann ihr gesteckt, der in dem Internat – ihrer neuen Wirkungsstätte – als Hausmeister tätig war. Sein Hintergrundwissen diesbezüglich verblüffte sie zwar, doch Irina verspürte absolut kein Interesse, ihn danach zu fragen. Paul war ihr – samt seiner dubiosen Vergangenheit – inzwischen gleichgültig geworden.

Noch immer schaute sie – versunken in ihre eigene Gedankenwelt – auf die Turmuhr. Die Zeit schien still zu stehen. Eine absolut gute Voraussetzung für sie, um nochmals an ihren neuen Arbeitsplatz zurückzukehren. All der liegen gebliebene Papierkram musste aufgearbeitet werden, da ihre Vorgängerin Hals über Kopf die Tätigkeit im Internat geschmissen hatte.

Durch ihre qualifizierte Ausbildung als Sekretärin mit Jahrzehnte langer Berufserfahrung, war es für Irina ein Leichtes gewesen, die neue Arbeitsstelle in Bekhausen zu besetzen. Verheißungsvolle Perspektiven taten sich auf.

Seit vier Wochen war sie jetzt in dieser Institution als »gehobene Schreibkraft«, wie Paul sie häufig mit einem abwertenden Grinsen betitelte, tätig.

Irina wählte – wie bereits am Vormittag – den Weg dorthin durch den Park. Erst vor wenigen Tagen erfuhr sie davon, dass diese Route eine erhebliche Abkürzung darstellte. Somit war es absolut nicht lohnenswert, das Auto aus der Garage zu fahren, um zum Internat zu gelangen. Jedoch bereits auf dem Hinweg drängte sich ihr plötzlich der Gedanke auf, dass sie irgendwann am späteren Abend wieder den einsamen Heimweg antreten musste. Eine Busverbindung bis zu ihrer Wohnung gab es am Freitagabend nach 20.00 Uhr definitiv nicht mehr. Die Schulsekretärin versuchte, dieses unangenehme Gefühl zu verdrängen.

Nach einem Fußweg von 15 Minuten stand Irina vor dem alten Prunkbau, der gewiss schon bessere Zeiten gesehen hatte und kramte den überdimensionalen Schlüssel für das Eingangsportal aus der Handtasche. Nur mit Mühe gelang es ihr, die alte, schwere Eichentür aufzuschließen. Es gehörte schon ein gewisses

Fingerspitzengefühl dazu, und sie spürte, dass ihre Hände stark zitterten.

Irinas Büro war in der Eckmansarde dieses alten Jagdschlosses aus der Jahrhundertwende untergebracht und ausschließlich über die Wendeltreppe zu erreichen. Knarrende, ausgetretene, braun gestrichene Holzstufen führten in den abgelegenen Dachausbau. Ein behaglicher Arbeitsplatz am Tag, bei Dunkelheit jedoch eher unheimlich. Insbesondere heute, denn an einem Freitagabend hielt sich hier kein Mensch mehr auf.

Sie spürte die Angst, die in ihr aufstieg. Irina fühlte sich wie in einem Käfig, in den sie sich freiwillig hatte einsperren lassen.

Unkonzentriert saß sie vor einem Stapel von Anmeldeformularen, die in den letzten Monaten zwar eingegangen waren, jedoch bis dato noch unbeantwortet blieben. Vom Direktor wurde sie am Tag zuvor damit beauftragt, den jungen Leuten, die sich zum neuen Schuljahr beworben hatten, eine Zu- bzw. Absage zu erteilen.

»Die entsprechenden Vermerke sind gekennzeichnet mit den Buchstaben J und N. Das J steht für »Aufnahme«, das N für »Absage«. »Ist doch ganz einfach, oder?«, hatte Herr Dr. Sommers ihr erklärt und seinen Arm freundschaftlich um ihre Schulter gelegt. Freundschaftlich? Oder sollte sie die Geste anders interpretieren? Davon, dass sie diese Arbeit nach Dienstschluss verrichten solle, hatte er allerdings nicht gesprochen.

Verdammt! Sie hätte zu Hause bleiben sollen. Bei unterhaltsamer Literatur und einem Glas Wein wäre der Abend wesentlich entspannter verlaufen, dessen war sie sich sicher.

Eiskalte Schauer liefen ihr über den Rücken, als jetzt – zu allem Überfluss – auch noch das Telefon schellte. Sie hatte niemanden davon in Kenntnis gesetzt, dass sie sich zu dieser Stunde hier aufhielt. Wahrscheinlich jemand, der sich verwählt hat, war ihr erster Gedanke, und sie griff zum Hörer.

»Guten Abend, mein Herzchen. So allein in dem alten Gemäuer? Siehst schick aus! Dein roter Pulli gefällt mir ausgezeichnet! Du darfst dich auf mich freuen! Werde bald bei dir sein. Du weißt: Vorfreude ist die schönste Freude.«

Die Sekretärin fühlte sich einer Ohnmacht nahe. Schweißperlen traten auf ihre Stirn. Der Kerl wusste nicht nur, wo sie sich aufhielt, sondern beschrieb selbst ihre Kleidung. Er befand sich in ihrer Nähe und hatte sie offensichtlich komplett im Visier.

Irina war bemüht, ihre Fassung zu wahren. Ist doch Blödsinn, schoss es ihr durch den Kopf. Immerhin würde er es niemals schaffen, durch das 18 Meter hohe Mansardenfenster einzusteigen. Doch was war mit der Eingangstür? Das vorsintflutliche Schloss bot absolut keine Sicherheit. Selbst mit dem primitivsten Werkzeug ließe es sich mühelos knacken, darüber war sie sich im Klaren. Die wichtigste Voraussetzung war jetzt die, Ruhe zu bewahren und nicht in Hysterie auszubrechen.

Wie versteinert starrte sie auf die Ablage neben dem Schreibtisch, auf dem das Telefonbuch lag. Im Prinzip war doch alles ganz simpel. Sie konnte sich ein Taxi rufen, um diesem Spuk ein Ende zu setzen. Bequem und sicher würde man sie nach Hause chauffieren. Irina hob den Hörer und wählte die 3883.

»Hier Taxi Achmann. Wollen Sie etwa einen Wagen?«, meldete sich schroff und offensichtlich total entnervt, eine weibliche Person fortgeschrittenen Alters am anderen Ende der Leitung. »Kann Ihnen gleich sagen, das wird heute Abend garantiert nix mehr. Großveranstaltung im Nachbarort. Alle Wagen pausenlos im Einsatz. Versuchen Sie`s bei Draffhoff. Die Nummer ist 6444.«

Aufgelegt! Die Frau hatte der Sekretärin nicht einmal die Chance eingeräumt, ihr Anliegen vorzutragen. Kurz und knapp, energisch und ungehalten wurde Irina von ihr abgewimmelt.

»OK! 6444! Meine letzte Chance«, flüsterte Irina, denn sie wusste, dass es nur zwei Taxiunternehmen gab in diesem verschlafenen Kaff.

Wieder eine weibliche Stimme! Hier zeigte sich die Gesprächspartnerin zwar wesentlich entspannter, doch ihre Antwort war ebenfalls schockierend.

»Sorry, aber vor Mitternacht tut sich da gar nichts! Ein Wagen ist derzeit noch in Bremen und die beiden weiteren in Hannover. Drei Großaufträge sozusagen, die – wie Sie sich sicherlich denken können – recht seltener Natur sind. Tut mir Leid, dass ich da nichts für Sie tun kann. Gewiss finden Sie noch eine Alternative. Einen schönen Abend wünsche ich Ihnen.«

Sollte sie jetzt in Brackel anrufen und um einen Wagen bitten? Sicherlich eine kostspielige Entscheidung, die zweifelsohne hirnrissig war. Nur, weil sie sich von einem Spinner diese Höllenangst einjagen ließ? Außerdem hatte sie kein Telefonverzeichnis von Niedersachsen zur Hand.

Blankes Entsetzen stand ihr ins Gesicht geschrieben, als sie einen erneuten Anruf erhielt. Statt ihn zu ignorieren, meldete sie sich – wie in Trance – zum zweiten Mal. Der Typ mit seiner ekligen Reibeisenstimme versprach ihr ganz unverhohlen, dass er fest dazu entschlossen sei, ihr innerhalb der nächsten Stunde »das Licht auszupusten«. Allein das widerwärtige Geräusch, mit dem er sein Vorhaben unterstrich, reichte vollends.

Das Opfer erkannte, dass diese Bestie nicht nur pervers, sondern auch hochgradig gefährlich war.

Ohne Polizeischutz gab es hier für sie kein Entrinnen mehr, dessen war sie sich schlagartig bewusst geworden. Mit wahnsinnigem Herzklopfen wählte sie die 110. Irina wurde mit der zuständigen Dienststelle verbunden. Stockend schilderte sie – so gut wie möglich – ihre derzeitige Situation. Der Dienst habende Beamte reagierte allerdings recht unwirsch mit dem Satz:

»Wenn Sie jemanden anzeigen möchten, kommen Sie bitte persönlich entweder noch heute oder in den nächsten Tagen vorbei.«

»Verdammt! Ich werde gerade jetzt bedroht und befinde mich mutterseelenallein im Sekretariat des Internats an der Tulpenstraße«, schrie sie den Beamten an.

»Wo befindet sich denn der Mann von dem Sie sprechen«, wollte der Beamte wissen. »Keine Ahnung«, gab sie zur Antwort. »Er belästigt mich telefonisch«, räumte sie kleinlaut ein. »Tja, solche Anrufe sind inzwischen an der Tagesordnung. Größtenteils handelt es sich hier um dumme Spaßvögel, die sich an der Angst ihrer Mitmenschen hochziehen. Sie gehen doch nicht etwa davon aus, dass jetzt eine Streife zu Ihnen kommt, um Sie nach Hause zu fahren. Das gehört nicht zu unserem Dienst«, bemerkte der Beamte lakonisch und legte auf.

Irina zitterte am ganzen Körper. Es konnte nicht wahr sein, dass die Polizei ihr in dieser entsetzlichen Situation jegliche Hilfe verwehrte.

Ihre Tränen ließen sich nicht mehr zurückhalten. Verzweiflung? Wut? Sie wusste es selbst nicht mehr einzuordnen. Ihre Nerven lagen restlos blank, doch es brachte sie absolut nicht weiter, in Selbstmitleid zu verfallen und apathisch vor sich hinzustarren.

Urplötzlich schöpfte Irina wieder Hoffnung! Siedend heiß war ihr eingefallen, dass sie nicht nur die Rufnummer der Kollegin Rafenganzer, sondern auch die

des Hausmeisters Hassmann in ihr persönliches Notizbuch eingetragen hatte. Ein erleichtertes Aufatmen, als
sie das Heftchen ihrer Handtasche entnahm.

»Glück muss man haben«, flüsterte sie kaum hörbar
mit einem entspannten Lächeln im Gesicht. Ihre Euphorie jedoch wurde jäh geschmälert, als sich bei Astrid Rafenganzer nur der Anrufbeantworter meldete.
»Ich bin am heutigen Abend nicht zu erreichen. Wenn
Sie Ihren Namen und Ihre Telefonnummer hinterlassen, rufe ich gerne zurück.«

Das war`s! Enttäuscht legte die Sekretärin auf und
wählte die Nummer 2642. Sie konnte nur inständig
darauf hoffen, dass Jo Hassmann zu erreichen war.
Zehnmal hatte sie es durchläuten lassen, als eine
»Blechstimme« sich meldete mit dem herkömmlichen
Text: Der Teilnehmer meldet sich nicht. Sollen wir Sie
verbinden, sobald die Leitung frei ist? Dann antworten
Sie mit »JA«. Irinas laut vernehmliches »JA« verhallte
allerdings im Nichts. So weit war die Technik dieser
Telefonanlage in dem alten Gemäuer offensichtlich
noch nicht fortgeschritten, als dass eine solche Rück-
meldung funktionierte. Resigniert legte sie auf und
starrte auf die Tür.

Besessen von der Idee, umgehend das Gebäude alleine zu verlassen, um dem Spuk endgültig ein Ende zu
setzen, hastete sie in den Vorraum und zerrte ihren
Wollmantel vom Haken. Sie war noch nie ein Weichei
gewesen und heute erst recht nicht! Energisch wandte
sie sich um und schaute in den betagten Kristallspie-

gel, der in der Garderobe hing. Ihr Gesicht aschfahl, die Augen weit aufgerissen. Sie hatte Angst! Entsetzliche Angst! Sollte sie tatsächlich den Schritt wagen und zu Fuß den Heimweg antreten? Irina zögerte. Was würde passieren, wenn der Kerl sich noch immer in Reichweite befand und ihr auflauerte.

»Zähne zusammenbeißen«, flüsterte sie, nachdem sie den Schalter der Deckenbeleuchtung betätigt hatte und in der Dunkelheit verharrte.

Der dumpfe Knall aus dem unteren Stockwerk war nicht zu überhören gewesen. Die Haustür! Kein Albtraum, sondern Realität, schoss es der Sekretärin durch den Kopf. Sie versuchte, Ruhe zu bewahren. Möglicherweise war doch noch ein Kollege im Haus gewesen, der eben gerade das Gebäude verließ.

Wie angewurzelt blieb sie hinter der Tür stehen, die von der Garderobe ins Treppenhaus führte. Ihr Atem stockte, als sie die schweren Schritte auf der Wendeltreppe zur Mansarde vernahm. Männerschritte!

Langsam wurde die Klinke heruntergedrückt, eine Hand griff zum Lichtschalter.

»Frau Alstner?«

Irina konnte ihr Glück kaum fassen. Es war der Hausmeister!

»Gott sei Dank, dass Sie da sind! Der Himmel hat Sie geschickt«, stammelte sie.

Jo Hassmann lächelte. Ein hämisches Lächeln!

»Ja, mein Herzchen, da habe ich dich endlich«, sagte er leise und hielt ihr die Walther CCP an die Schläfe.

Er hatte sich rächen wollen.

Irina Alstner war es, die vor drei Jahren seinen Schwager ins Gefängnis brachte. Unschuldig saß er vierzehn Monate lang hinter Gittern. Als Zeugin einer Messerstecherei hatte sie bei einer Gegenüberstellung das Gericht davon überzeugen können, dass Andreas Kruhpens derjenige war, der seinen Kontrahenten tödlich verletzte.

Erst durch das freiwillige Geständnis des wahren Mörders konnte der Inhaftierte rehabilitiert werden.

Kruhpens jedoch war gebrandmarkt. Er verlor seine Arbeitsstelle, die sozialen Kontakte brachen ab, er rutschte ab ins Drogenmilieu.

Im Alter von 32 Jahren verstarb Andreas an einer Überdosis Heroin.

Ein Mord kommt selten allein

Die Anzüge hängen im Ankleidezimmer in drei Reihen akkurat übereinander. Zweiundneunzig an der Zahl!

Paolo Pastore entscheidet sich für den eng geschnittenen nachtblauen. An diesem Tag hat er noch ein Date mit einer Dame, und am späten Abend will er zu einem Ball, der an der Universität in der Almeida Prado stattfindet. Die Einladung dazu hat er von der Nachbarin Ana Carvalho erhalten.

Bevor er seine Luxuswohnung verlässt, die unmittelbar an das Mercure Hotel in der Alameda Itu grenzt, wirft er noch einen kurzen Blick in den überdimensionalen Kristallspiegel, der im Korridor hängt. Die Selbstkontrolle ist ihm äußerst wichtig. Paolo Pastore ist eitel. Sein erstklassiger optischer Eindruck öffnet ihm als Immobilienmakler alle Türen. Hinzu kommen die bemerkenswerte Intelligenz und das bestechende Aussehen dieses Mannes. Besonders auffallend sind sein volles tiefschwarzes lockiges Haar, die großen dunkelbraunen Augen, der sinnliche Mund. Er ist ein extrem gut aussehender Mann, der sich seiner Vorzüge absolut bewusst ist und sie stets zu nutzen weiß.

Um 10.00 Uhr biegt er mit dem schwarzen Jaguar von der Rua Augusta, auf der die Menschen flanieren, in die Avenida Paulista ein. Kurz darauf betritt er im Haus Nummer 8 sein Büro. Es liegt im zwölften Stock, Aufgang D.

In der Wohnung nebenan probiert um diese Zeit eine Frau namens Gabriela Moreira bei ihrer Änderungsschneiderin mehrere Kostüme an. Gegen 11.00 Uhr hört sie Schüsse fallen. Sie misst dieser Begebenheit jedoch nur wenig Bedeutung bei. Scherzhaft sagt sie zu Senhora Alves: »Anscheinend befinde ich mich hier in der Straße der Verbrechen.« Sie spielt auf den Raubüberfall an, der eine Woche zuvor ein paar Häuser weiter verübt wurde. Man hatte den Juwelier Matheus Duarte ermordet, als er vehement versuchte, einen Gangster in die Flucht zu schlagen.

Unter dem Büro des Immobilienmaklers liegt das Apartment von Larissa Barroso, einer betagten Dame im Alter von 79 Jahren, die gesundheitlich durchaus noch in der Lage ist, ihren eigenen Haushalt zu führen. Ausschließlich ihre Sehkraft hat nachgelassen. Stark nachgelassen! »Meine Augen sind zwar trüb geworden, doch mit meinen Ohren höre ich das leiseste Zirpen einer Grille«, pflegt sie zu sagen, wenn Verwandte und Freunde sich nach ihrem Wohlbefinden erkundigen. Der Frau sind sowohl das schwere Poltern über ihrem Kopf, als auch die gellenden Schreie nicht entgangen. Dennoch ignoriert sie die Geräusche. Priorität haben derzeit ausschließlich die 18 Fotos von den drei Enkelkindern, die ihre Tochter per Post geschickt hat. Voller Akribie bemüht sie sich – trotz ihrer Sehbehinderung – die Bilder sorgsam und präzise in das Familienalbum einzukleben.

Auch die übrigen Hausbewohner scheint der Vorfall nicht sonderlich zu interessieren. Hier lebt jeder sein eigenes Leben, und man bleibt in der Anonymität.

Am Abend wartet das Starmodel Giovanna da Silva vergeblich auf Paolo Pastore, der sich um 21.00 Uhr mit ihr in der Bar » EXQUISITO« verabredet hat. Unter dem Motto: »SEHEN UND GESEHEN WERDEN« wählt er ganz bewusst ausschließlich diese Lokalität, um sich dort vor adäquatem Publikum zu profilieren.

Das Model wartet knapp dreißig Minuten und hat währenddessen einen Caipirinha getrunken. Danach verlässt Giovanna das Lokal und steuert ihren Lamborghini in Richtung Alameda Campinas. Im »TRIANON PIANO« wird sie Luiz Ferreiraz antreffen, dessen ist sie sich sicher. Er ist ein alter Bekannter, der sich ihrer schon häufiger angenommen hat. Besonders in Krisensituationen!

Es gelingt ihr nur schwerlich, die Enttäuschung zu verbergen, als sie in Sekundenschnelle feststellt, dass der so genannte »Seelentröster« nicht anwesend ist.

Stattdessen entdeckt Giova – wie sie im Freundeskreis genannt wird – an Tisch Nummer vier ihren Bruder, der sich in einer erhitzten Debatte mit zwei weiteren männlichen Personen befindet. Die wenigen Wortfetzen, die sie akustisch wahrnimmt, lassen darauf schließen, dass sich die Diskussion ganz offensichtlich um die extrem ansteigende Tendenz der Kriminalität im District Jardins – dem Nobelviertel von Sao Paulo – dreht.

Die drei Herren scheinen nicht mehr ganz nüchtern zu sein. Zumindest ihr Bruder wirkt bereits stark angeschlagen. Nicht nur seine glasigen Augen, sondern auch die bleierne Stimme sind ein absolutes Indiz dafür. Inzwischen interessiert sie diese Tatsache nicht mehr sonderlich, denn Giovanna weiß längst Bescheid über seinen unangemessenen Alkoholkonsum.

Ihre ganze Aufmerksamkeit gilt jetzt ausschließlich dem Barkeeper. Zielstrebig steuert sie auf Ernesto zu und erkundigt sich nach dem Verbleib von Luiz Ferreiraz. Er zuckt die Achseln. »Habe keine Ahnung wo er steckt«, gibt er abrupt zur Antwort und wendet sich den weiteren Thekengästen zu. Das Model kocht vor Wut, dreht sich auf dem Absatz um und verlässt das Lokal.

Erst drei Tage später, am Montag, entdeckt die Reinigungskraft des Immobilienmaklers ihren toten Chef.

Leticia Sousa verständigt die zuständige Polizeistation, von der sich unmittelbar darauf die Mordkommission auf den Weg macht.

»Das Opfer liegt lang ausgestreckt, in leicht gekrümmter Haltung auf dem Parkettboden, mit der Brust nach unten«, schreibt einer der Beamten ins Tatortprotokoll. »Todesursache: Zwei Pistolenkugeln im Kopf, davon eine in der rechten Schläfe. Eine dritte

Kugel steckt im Rücken. Kaliber: 7,65 Millimeter. Die Schüsse wurden ganz offensichtlich aus nächster Nähe abgegeben. Das Gesicht des Toten ist von einer ätzenden Säure stark entstellt.«

Gleich am nächsten Tag berichtet die Presse darüber. Wieder ein Mord in den Kreisen der so genannten »HIGH-SOCIETY«. Der achtunddreißigjährige Paolo Pastore – Sohn eines großen Textildiscounters in Mexiko City – sorgt wieder einmal für Schlagzeilen. Seit mehr als einem Jahrzehnt hat er die schillernde Figur des »Dolce Vita« verkörpert.

Wer beförderte ihn am Freitag, den 26.November, ins Jenseits? Viele offene Fragen stehen im Raum, als Kriminalhauptkommissar Dr. Ricardo Allegretti die Ermittlungen aufnimmt.

Am Abend des selbigen Tages eskaliert ein Streit zwischen Pedro Ribeiro und seiner Ehefrau. Sie sitzen im Pub »BAIXO«, Rua Augusta. »Dein ständiges Gähnen ist nicht nur unhöflich, sondern auch störend. Das Wort »ETIKETTE« hast du ganz offensichtlich plötzlich aus deinem Vokabular gestrichen. Immerhin war es deine Idee, dass wir am heutigen Abend nicht in unserem Apartment abhängen, sondern Essen gehen«, bemerkt er und schaut sie sehr eindringlich an.

»Oder hat dich die Hiobsbotschaft in der Tagespresse über das Ableben deines Ex-Lovers so arg mitgenommen, dass du in Lethargie verfallen bist?

So ganz nebenbei habe ich da eine Frage«, fügt Pedro sarkastisch hinzu. »Wann hast du dich letztmals mit ihm getroffen? Wahrscheinlich am Dienstag vergangener Woche, als du angeblich zu deiner Mutter fahren wolltest. Meine Recherchen haben ergeben, dass der Besuch bei ihr frei erfunden war und nicht stattgefunden hat. Realistisch gesehen gehe ich davon aus, du hattest ein Date mit Paolo Pastore. Das war wohl auch der Grund dafür, dass du dir die Schnulze mit dem ätzenden Titel »GOODBYE MY LOVE GOODBYE« bis weit nach Mitternacht immer wieder angehört hast.«

Das Wort »ätzend« trifft sie wie ein Blitz. In Sekundenschnelle ist Beatriz plötzlich hellwach. Ihre Gedanken kreisen um den Pressebericht. Sie erinnert sich exakt den Satz: »Das extrem entstellte Gesicht des Opfers lässt die Vermutung zu, dass es mit einer stark ätzenden Säure attackiert wurde.«

Sollte ihre Cousine tatsächlich Nägel mit Köpfen gemacht und zugeschlagen haben? Beatriz hatte es immer für ein Hirngespinst gehalten, wenn Maria ihr gegenüber dieses Wunschdenken freizügig zum Besten gab.

Die folgenden Sätze: »Man sollte ihm seine edle Visage zerstören. Ein geeignetes Mittel wäre zum Beispiel die Chlorsäure, die ich regelmäßig verwende, um meinen Pool zu säubern. Habe noch reichlich Vorrat davon zu Hause«, stammten von ihr.

Jahrelang machte Maria sich die Hoffnung, den Immobilienmakler Pastore irgendwann einmal missionieren zu können, wie sie es nannte. »Auch du wirst vor Neid erblassen, wenn er eines Tages ausschließlich nur noch mir gehört«, kommentierte sie häufig.

In Gedanken versunken sitzt Beatriz vor ihrem odeuvre, das der Chefkoch inzwischen persönlich kredenzte.

Pedro unterbricht das Schweigen. »Bislang habe ich dich bewusst nicht darauf angesprochen. Wollte dir eigentlich diese Peinlichkeit ersparen. Jetzt allerdings zwingt mich dein dubioses Verhalten dazu, dich aufzufordern, die Karten endgültig auf den Tisch zu legen. Ohne es beweisen zu können möchte ich behaupten, dass du die Liaison mit Paolo Pastore auch nach unserer Eheschließung weitergeführt hast.«

Kopfschüttelnd verneint Beatriz die Hypothese ihres Mannes.

»Habe den affektierten und ausgefuchsten Schönling seit einer Ewigkeit nicht mehr gesehen, geschweige denn, mich mit ihm getroffen«, erklärt sie mit energischer Stimme.

»Deine vorgetäuschte Offenheit in allen Ehren. Doch weshalb reagierst du urplötzlich so aggressiv? Die schroffen Worte aus deinem Mund machen mich stutzig. Dein unterschwelliger Hass ist nicht zu überhören. Bist du eventuell in irgendeiner Weise persönlich involviert in dieses Verbrechen?

Oder hegst du einen Verdacht bezüglich der Mörderin, die Paolo ins Jenseits beförderte? Immerhin könnte es auch eine weibliche Person gewesen sein, die das Verbrechen an dem Immobilienmakler beging. Ich gewinne immer stärker den Eindruck, dass du mehr weißt, als du preis gibst. Du versuchst, etwas vertuschen! Deckst du den Täter bewusst? Oder sollte ich besser sagen: Die Täterin?«

Knallharte Sätze, die ihr unter die Haut gehen!

Beatriz Ribeiro schwankt zwischen Lüge und Wahrheit. Soll sie Pedro davon in Kenntnis setzen, dass sie sich noch in der vergangenen Woche von Paolo Pastore zum Brunch ins Mercure Hotel einladen ließ? Er hatte sie inständig darum gebeten, ihn zu unterstützen. Mit den Worten: »Die Arbeit wächst mir total über den Kopf. Du bist meine einzige Rettung«, unternahm er den Versuch, Beatriz erneut für sich zu gewinnen. Rein beruflich – wie er es geschickt umschrieb. »Sowohl deine phänomenalen Sprachkenntnisse, als auch dein Charisma sind einfach gigantisch! Ich bin mir sicher, dass du für den Job, den ich dir anbieten möchte, haargenau die Richtige bist. Deshalb möchte ich dich bitten, mich als Sekretärin auf Auslandsreisen zu begleiten. Ein maßgeschneiderter Traumjob für dich! Mit lukrativem Gehalt, wie du dir vorstellen kannst. Hinzu kommt die Tatsache, dass ich mich verdammt einsam fühle ohne dich.«

»Die Sätze kommen mir bekannt vor«, kontert Beatriz, die dem DON JUAN im Salon des »MERCURE«

gegenübersitzt. »Maria Fernandez berichtete mir bereits von deiner angeblichen Notlage. Mit genau dem gleichen Text versuchtest du, auch sie vor knapp einem Monat zu ködern. Ich weiß, sie hat um Bedenkzeit gebeten. Meine jetzige Schlussfolgerung: Sie schlug das Angebot entweder aus, oder sie meldete sich nicht mehr bei dir. Auch ich möchte mich von deinen temporären Abenteuern endgültig distanzieren. Vergiss es und streich mich von deiner Liste!«

Noch am selben Abend telefoniert Beatriz mit ihrer so genannten Nebenbuhlerin. »Hallo Maria! Du wirst es nicht glauben, denn es klingt total utopisch«, beginnt sie sichtlich erregt das Gespräch. »Paolo hat mich darum gebeten, ihn als Sekretärin auf Auslandsreisen zu begleiten. Er hat mir also selbiges Angebot unterbreitet wie dir. Wie kommt er plötzlich auf die Idee, dass ich jetzt für dich einspringen soll? Ich gehe davon aus, du hast ihn abblitzen lassen. Die so genannte Lückenbüßerin werde ich ganz gewiss nicht spielen. Darauf kann er Gift nehmen – und du auch!«

Schweigend hatte Maria ihrer Cousine bis zum Ende zugehört.

Mit den Worten: »Entweder geht deine Fantasie mit dir durch, oder du bist angetrunken«, wirft Maria sie aus der Leitung, ohne Stellung zu beziehen.

Trotz akribischer Recherchen tappt die Polizei weiterhin im Dunkel. Der Mordfall Paolo Pastore wirft Rätsel auf.

Extrem viele Rätsel!

Hauptkommissar Ricardo Allegretti ermittelt in alle Richtungen. Sowohl auf der beruflichen, als auch der privaten Ebene des Immobilienmaklers.

Die Beisetzung des Opfers findet drei Tage nach dem Auffinden der Leiche statt. Auf dem Friedhof Morumbi – einer Ruhestätte von 300 000 Quadratmetern – gelegen im   edelsten Viertel der Millionenstadt von Sao Paulo.

Dieser Zeitpunkt sprengt den üblichen Rahmen. Laut Vorschrift muss der Verstorbene innerhalb von 24 Stunden beigesetzt werden. Wegen der Hitze und der großen Seuchengefahr. Im Fall » Pastore« jedoch wird eine Ausnahmegenehmigung erteilt. Immerhin handelt es sich hier um einen Menschen, der auf unnatürliche Weise ums Leben kam. Bei der Einlieferung des Leichnams in die Rechtsmedizin bittet das Team um weitere 24 Stunden Aufschub. Aus Sicherheitsgründen will man bei der Autopsie nicht unter Zeitdruck arbeiten.

Allegretti ist fest entschlossen, mit einem weiteren Kollegen an der Beisetzungszeremonie teilzunehmen. »Eventuell können wir dort neue Erkenntnisse gewinnen. Der Mörder steht möglicherweise am offenen Grab und bricht Tränen überströmt zusammen, indem er zeitgleich ein Geständnis ablegt und um Gnade fleht.

Reumütig wird er sich dazu bekennen, die Tat im Affekt begangen zu haben. Uns bleibt dann nur noch die Aufgabe, ihn kurzerhand festzunehmen«, scherzt er und grinst dabei.

Der Hauptkommissar und sein Mitarbeiter Jorge Lopes verschanzen sich hinter einer üppigen, uralten Yucca Palme, als die ersten Trauergäste eintreffen, um Paolo Pastore die letzte Ehre zu erweisen.

»Die nächsten Angehörigen«, raunt Allegretti seinem Begleiter zu.

Ein extrem arrogant wirkender Herr, der vom Scheitel bis zur Sohle in Schwarz gekleidet ist, betritt als Erster den Friedhof. Neben ihm kokettiert eine auffallend hellhäutige Dame. Sie ist mindestens dreißig Jahre jünger als er und Europäerin, taxiert Lopes.

Im Flüsterton gibt Allegretti ihm zu verstehen: »Die männliche Person ist der Vater des Mordopfers, flankiert von Susanne Boddevelt, seiner vierten Ehefrau.

Sie stammt aus Hamburg. Habe vor etwa einem halben Jahr im Televison die Serie »SELF MADE MAN« verfolgt. Das Interview mit Antonio Pastore war total spannend. Er hat aus dem Nichts ein wahres Imperium geschaffen. Anfangs zog er mit seinem Bauchladen von einem Wochenmarkt zum anderen und verkaufte so genannte Kurzwaren: Nähgarn, Knöpfe, Gummiband etc. Die gesamte Palette.«

»Und was ist mit seiner Angetrauten?«, raunt Lopes ihm zu. »Lassen Sie mich raten! Sie steht ihm jetzt tatkräftig zur Seite, um sein Vermögen zumindest ein wenig zu reduzieren, oder?«

In Sekundenschnelle rauscht der letzte Satz des Mitarbeiters Jorge Lopes an dem Hauptkommissar vorüber.

Entgeistert starrt er auf die einmotorige CESSNA 172 SP. Eine viersitzige Maschine, die urplötzlich auftaucht und im Tiefflug das ausgehobene Grab umkreist. Der Propeller des Hochdeckers erzeugt ein wahnsinniges Geräusch.

»Abartig«, zischt Dr. Ricardo Allegretti. »Immerhin befinden wir uns hier auf dem Friedhof. Einem Ort der Stille!«

Nach drei Runden ist der Spuk vorbei.

»Vielleicht nur ein Zufall«, bemerkt Lopes. »Möglicherweise gehörte Paolo Pastore dem AEROCLUB de SAO PAULO an, und man will auf diesem Wege Abschied nehmen, um ihm die letzte Ehre erweisen«, folgert Lopes, der stets darauf bedacht ist, eine plausible Erklärung zu finden.

»Außer der CESSNA befindet sich dort ein großes Angebot an PIPER Maschinen. Die CHEROKEE, die CORISCO, die DECATHLON, die…«

Allegretti lässt ihn nicht ausreden.

»Sie haben ganz offensichtlich noch mehr auf Lager! Ihre Fachsimpelei ist hier fehl am Platze. Ich möchte Sie bitten, aufzuhören mit dem Nonsens. Hier zählen nur Fakten! Aus zuverlässiger Quelle weiß ich, dass das Mordopfer sich für den Luftsport absolut nicht interessierte und sich dort auch nie engagierte. Weder als Sponsor, noch persönlich. Somit können Sie sich Ihre banalen Äußerungen ersparen, Herr Kollege.«

Nur wenige Minuten später gewinnen die beiden Beamten den Eindruck, einem Staatsbegräbnis beizuwohnen. Die Anzahl der Trauergäste übersteigt jegliche reale Vorstellung. Insgeheim bemüht sich der leitende Beamte, die Teilnehmerinnen und Teilnehmer zu zählen. Sein Versuch scheitert, als er bei der Nummer zweihundert und acht angelangt ist. Einer makellosen Blondine von atemberaubender Schönheit, die wie ein Profi-Model über den Asphalt schreitet, um die brandneue Creation des derzeitigen Stardesigners Silvio Halleck zu präsentieren.

Er taxiert die Absatzhöhe ihrer High Heels aus schwarzem Krokoleder auf mindestens fünfzehn Zentimeter. Die überdimensionale Sonnenbrille – mit großer Wahrscheinlichkeit eine Schöpfung aus dem Hause COLANI – lässt den Schluss zu, dass sie ihre Augen vor der gleißenden Mittagssonne schützen möchte. Oder sollten etwa Tränen das Motiv sein, die die Dame verbergen will?

Die männliche Begleitung der ultraeleganten Frau wirkt allerdings grotesk. Der Herr im Alter von cirka fünfundsiebzig passt absolut nicht zu ihr. Das griesgrämige Gesicht und seine finstere Miene lassen die Vermutung zu, dass er sich nur unfreiwillig auf den Weg begeben hat, um an dem Begräbnis des Immobilienmaklers Paolo Pastore teilzunehmen.

Die Menschen strömen in Scharen auf die Kapelle zu.

Mit dem Ärmel seines dunkelblauen Blazers wischt Allegretti sich den Schweiß von der Stirn.

»Purer Wahnsinn und reine Utopie, hier den Mörder zu finden«, raunt er seinem Mitarbeiter zu. Achselzuckend gibt Jorge Lopes ihm zu verstehen, dass er persönlich mit der Gesamtsituation überfordert ist und schaut auf die Uhr. »Eigentlich habe ich meine Dienstzeit längst überschritten«, bemerkt er und versucht, sein Gähnen zu unterdrücken.

»Wenn Sie der Aufgabe nicht gewachsen sind, sollten Sie Feierabend machen und sich zurückziehen. Fahren Sie nach Hause. Die Bushaltestelle befindet sich unmittelbar am Haupteingangstor des Friedhofs. Ich werde auch ohne Ihre Unterstützung weiterkommen, dessen bin ich mir sicher«, lautet der provokante Kommentar des Hauptkommissars. Seine abweisende Handbewegung deutet darauf hin, dass es ihm völlig gleichgültig ist, dass Lopes hier umgehend seinen Dienst beenden möchte.

Müde, entnervt und frustriert verlässt der Mitarbeiter den Friedhof von MORUMBI.

Allegretti verfügt über ein eisernes Durchhaltevermögen. Er bleibt, obwohl sie keinen Schritt weitergekommen sind.

Welche Bedeutung soll er der CHESSNA 172 beimessen? Wehalb umkreiste sie im Tiefflug das ausgehobene Grab des Getöteten?

Nur allzu dumm, dass es ihm visuell nicht gelang, festzustellen, ob es eine männliche, oder eine weibliche Person war, die am Steuer der Maschine saß.

Mit dem Gedanken: » War eventuell nur ein Scherz der übelsten Sorte«, versucht er, seine inzwischen arg strapazierten Nerven zu beruhigen.

Es ist 11.57 Uhr. Drei Minuten vor zwölf! Die letzten Gäste treffen ein. In einhundertundachtzig Sekunden beginnt die Trauerfeier für Paolo Pastore, der am Freitag, den 26. November auf bestialische Weise in seinem Büro ermordet wurde.

Der Hauptkommissar ist sich sicher, die zehn grazilen Damen, die soeben in Windeseile vorbeischweben, bereits einmal gesehen zu haben, und er erinnert sich. Es sind die Tänzerinnen vom Balé da Cidade de Sao Paulo. Vor knapp zwölf Monaten verfolgte er ihren glamourösen Auftritt im THEATRO MUNICIPAL. Eine exzellente Darbietung der zauberhaften Senhoras, die am Ende der Show mit tosendem Beifall von der Bühne verabschiedet wurden.

Der Tote mochte ein bewegtes Leben als Casanova geführt haben, aber mit diesem Wahnsinnsaufgebot an weiblichen Personen hat Dr. Ricardo Allegretti wahrlich nicht gerechnet.

Inzwischen fühlt er sich total ausgelaugt. Exakt eine

Stunde lang bewegte er sich nicht von der Stelle, doch das Ergebnis seiner Observierung ist gleich Null! Die Füße schmerzen, und die Gluthitze hat ihr übriges getan, ihm zu signalisieren, seinen Diensteinsatz zu beenden.

Total resigniert lehnt er sich mit dem Rücken an den kräftigen Stamm der Yucca Palme. Er hasst es, erfolglos ins Präsidium zurückzukehren.

Lautlos taucht urplötzlich ein Schatten neben ihm auf.

Abrupt wendet sich der Beamte zur Seite und schaut in die weit aufgerissenen Augen des Kollegen Jorge Lopes, dessen Gesicht mit Schweißperlen übersät ist.

Argwöhnisch betrachtet Allegretti seinen Mitarbeiter, der sich offiziell bereits vor geraumer Zeit von ihm verabschiedete, um nach Hause zu fahren.

Mit den Worten: »Chef, ich habe eine äußerst brisante Botschaft für Sie«, schildert Lopes seine dubiose Begegnung mit einer Dame.

»Die Unbekannte sprach mich an, als ich hier das Haupttor verließ, um zur Bushaltestelle zu gelangen. Sie stieg aus einem Taxi, eilte auf mich zu und erkundigte sich nach dem Termin der Beisetzung von Pastore. Mit zitternden Händen umklammerte sie ein voluminöses Rosenbukett. Habe der unverschämt gut aussehenden Person kurz Auskunft gegeben und bin ihr dann unauffällig gefolgt, als sie das Friedhofsgelände betrat.«

Nach einem verlegenen Räuspern jedoch bekennt er:

54

»Allerdings behielt ich sie nur für wenige Minuten im Blickfeld, denn von einer Sekunde zur anderen war sie plötzlich verschwunden.«

Die Emotionen des Kriminalhauptkommissars Allegretti geraten außer Kontrolle. Er explodiert!

»Sie haben die Frau aus den Augen verloren? Das darf nicht wahr sein! Ein unverzeihlicher Fehler«, herrscht er seinen Mitarbeiter an.

»Herr Kollege, ich frage mich, wie so etwas überhaupt möglich ist. Bei unseren heutigen Ermittlungen haben Sie auf der ganzen Linie total versagt. Durch Ihre Unachtsamkeit ist uns mit an Sicherheit grenzender Wahrscheinlichkeit ein dicker Fisch vom Angelhaken gesprungen. Rein intuitiv messe ich der Begegnung mit der Unbekannten große Bedeutung bei. Koste es, was es wolle, aber wir müssen sie ausfindig machen.«

»Auf dem riesigen Areal wird das kaum möglich sein. Ein derartiges Ansinnen grenzt beinahe schon an Schwachsinn«, murmelt Jorge Lopes leise vor sich hin und kann sich glücklich schätzen, dass seine unangemessene Bemerkung rein akustisch an Allegretti vorüberrauscht.

Die angespannte Haltung des leitenden Kriminalbeamten, der sich inzwischen um etliche hundert von seinem Mitarbeiter entfernte, lässt darauf schließen, dass er mit seinen Argusaugen etwas Außergewöhnliches entdeckt hat.

Allegretti ist sich sicher, die Aufsehen erregende Schönheit – von der sein Mitarbeiter berichtete – soeben entdeckt und erkannt zu haben.

Sara Rodrigues! Bei dieser Lady handelt es sich um das große TENNIS AS vom GRAJAÚ CLUB – RIO DE JANEIRO. Eine Koryphäe, die weit über die Landesgrenzen hinaus bekannt ist. Exakt seit vier Jahren verfolgt der Kriminalbeamte mit großem Interesse sowohl die Spiele, als auch die Siegerehrungen der international bekannten Tennisspielerin. Auch das Blumenbukett – bestehend aus unzähligen tiefroten Baccara Rosen – das sie soeben auf eine Grabplatte aus schwarzem Marmor niederlegt, entspricht der Schilderung seines Kollegen.

Der Versuch, sich möglichst unauffällig dem Grab zu nähern, misslingt. In dem Moment, als Allegretti sich langsam auf die Ruhestätte zu bewegt, wendet sich Sara Rodrigues zur Seite, schaut ihn misstrauisch an und eilt in die Richtung der Friedhofskapelle.

Selbst diese weltbekannte Persönlichkeit lässt es sich ganz offensichtlich nicht nehmen, an der Beisetzung des Mordopfers teilzunehmen.

Dr. Allegretti, der sich noch immer in unmittelbarer Nähe der mit Rosen bedeckten Ruhestätte aufhält, geht zurück und wirft einen Blick auf die aus edlem Blattgold gefertigten Lettern. Die Gravur lässt ihn jedoch ausschließlich erkennen, dass es sich hier um das Grab der Familie Alfonso Rodrigues handelt. Ohne weitere Namen – ohne persönliche Daten.

»Wenig aufschlussreich«, denkt er und schaut auf seine Uhr, die er seit Jahrzehnten ausnahmslos am rechten Handgelenk trägt. Eine Marotte von ihm!

Im gleichen Augenblick öffnet sich die große, weiße mit Ornamenten besetzte Flügeltür der Friedhofshalle.

Der Trauerzug, der sich soeben in Bewegung setzt, gleicht einer Völkerwanderung.

Für Allegretti wird es höchste Zeit, sich möglichst diskret unter die Anteil nehmenden Gäste zu mischen.

Jetzt! Die Gelegenheit ist günstig!

In Windeseile reiht er sich ein, als der Geschäftsführer der Automobilfirma PASO DO BRASIL ihm zunickt und für Bruchteile von Sekunden sein Schritttempo verlangsamt.

José Pinto! Sein ehemaliger Nachbar, der den exklusiven Bungalow an der Bela Cintra bewohnte. »So sieht man sich wieder. Sind Sie beruflich oder privat hier?«, raunt Pinto ihm zu.

Ricardo Allegretti bleibt ihm die Antwort schuldig, denn mit blankem Entsetzen starrt er auf die junge Frau, die unmittelbar vor ihm geht und plötzlich taumelnd zusammenbricht. Der Beamte reagiert blitzschnell. Er umfasst ihre Schultern, legt sie behutsam auf die kleine, von Pinien umgebene Rasenfläche, greift nach seinem i Phone und setzt den Notruf ab.

Der Kommissar scheint nicht der Einzige zu sein, der den Vorfall bemerkte. Schlagartig steht eine große, hagere, unsympathische Dame mittleren Alters im schwarzen Seidenkostüm und weißer Rüschenbluse neben ihm und kommentiert: »Geben Sie sich keine Mühe. Lohnt nicht mehr. Der Schaum vor dem Mund und der unverkennbare Geruch von Bittermandel lassen den Schluss zu, dass es sich hier um eine hochgradige Vergiftung handelt. Die Blausäure ist der Frau augenscheinlich nicht bekommen. Übrigens: Darf ich mich vorstellen?« Sie überreicht ihm ihre aussagekräftige Visitenkarte mit dem Satz: »Mein Studium habe ich mit Auszeichnung bestanden. In Deutschland! Tübingen!«

Die arrogante Akademikerin, die hier neben ihm steht, ist also Frau Doktor Claudia Santos, wie auf der Karte zu lesen ist. Beruflich als Chemikerin und Toxikologin am Institut Butantan Sao Paulo tätig.

»Übrigens, ich möchte Sie so ganz nebenbei noch kurz darauf aufmerksam machen, dass Sie bei Ihrer vermeintlichen Rettungsaktion die Handtasche der Leiche völlig übersehen haben. Wie gut, dass ich sie noch gerade rechtzeitig vom Boden aufheben konnte, bevor das Fußvolk die Möglichkeit hatte, diesen billigen, braunen Kunstlederbeutel platt zu treten«, sagt sie mit einem süßsauren Lächeln. »Wir sollten das uralte Schätzchen hier umgehend auf den Inhalt überprüfen, um zumindest die Identität der schlichten Person festzustellen«, fährt sie fort.

Die Respektlosigkeit der Frau ist unfassbar! Mit den Worten: »Die Ermittlungen können Sie getrost mir überlassen«, zeigt Allegretti ihr seinen Dienstausweis und wendet sich dem Notarzt zu, der soeben eintrifft.

Der geschulte Blick des erfahrenen Mediziners genügt. Mit einem energischen Kopfschütteln und den Worten: »Hier kommt jede Hilfe zu spät«, wendet er sich kurz ab, um per Funk die Rechtsmedizin zu informieren, bevor er sich dem Beamten zuwendet.

»Die Kooperation zwischen unserem Hospital und dem Gerichtsmedizinischen Institut klappt stets hervorragend. Zwei Mitarbeiter werden in wenigen Minuten vor Ort sein, um die Tote abzutransportieren. Wenn ich richtig informiert bin, sind Sie der Hauptkommissar vom Distrikt 127, der uns den Fall gemeldet hat. Steht die Identität der Verblichenen bereits fest?«

»Tut mir Leid«, erwidert der Beamte. »Die Verblichene«, wie Sie sie nennen, führte keinen Ausweis mit sich. Ihr Name jedoch ist mir bekannt, denn sie hinterließ einen von ihr unterzeichneten Brief. Das Kommissariat wird sich bezüglich der Identität der Toten mit dem zuständigen Rechtsmediziner in Verbindung setzen.«

Klatsch! Der Satz hatte gewirkt wie eine Ohrfeige!

Der Notarzt verzieht keine Miene, als er sich mit einem knappen Gruß von Allegretti verabschiedet.

Er überfliegt noch einmal den Abschiedsbrief der Toten, in dem sie sich selbst des Mordes bezichtigt. Der Text lautet: *Ich bekenne mich schuldig, am 26. November meinen Chef Paolo Pastore umgebracht zu haben. Aus Eifersucht! Aus Enttäuschung! Aus Hass! Leticia Sousa*

Die Zeilen wirken suspekt. Sollte der Don Juan tatsächlich ein Verhältnis mit Senhora Sousa gehabt haben? Rein optisch passte sie absolut nicht in das Umfeld des ermordeten Paolo Pastore.

Dr. Ricardo Allegretti zweifelt stark an der Glaubwürdigkeit der Verfasserin. Sorgsam faltet er das blütenweiße DIN A 4 Blatt wieder zusammen und zieht den Rückzug an. Vorbei an der Friedhofskapelle, dann Richtung Haupttor zum Parkplatz, auf dem sein Dienstfahrzeug steht.

Seine Nerven liegen blank. Der unvorhergesehene Todesfall LETICIA SOUSA auf dem Friedhof von MORUMBI hat ihn total aus dem Konzept gebracht. Handelte es sich hierbei tatsächlich um einen Suizid? Oder war sie mithilfe einer anderen Person, die ihr einen »Freundschaftsdienst« erweisen wollte, zum Selbstmord getrieben worden?

Eine weitere Hypothese: Irgendjemand mischte der Frau das tödliche Gift unter ein Nahrungsmittel bzw. in ein Getränk, das sie ahnungslos während der letzten Stunden zu sich nahm.

Bloße Vermutungen, die ihn nicht weiterbringen. Ausschließlich Fakten zählen, und die sind – zumindest im Moment – dünn gesät!

Wie aus heiterem Himmel taucht urplötzlich Frau Doktor Claudia Santos – Chemikerin und Toxikologin – wieder auf. Sie steht auf dem Parkplatz in unmittelbarer Nähe seines Wagens.

Mit den Worten: »Welch ein Zufall«, geht sie schnurstracks auf ihn zu und versucht, ihm ein Gespräch aufzuzwingen. »Habe Sie bei der Trauerfeier für das Mordopfer Pastore nicht mehr entdeckt, obwohl ich direkt am Eingang stand. Gewiss haben Sie es zeitlich nicht mehr geschafft, an der Zeremonie teilzunehmen. Übrigens, haben Sie inzwischen die Identität der Toten klären können?«

Voller Erwartung schaut sie den Inspektor dabei an und ist schockiert, als er sie mit den knallharten Sätzen konfrontiert: »Langsam gewinne ich den Eindruck, es ist nicht nur Ihre Neugier, die Sie befriedigen möchten. Es scheint eine Verbindung zwischen Ihnen und der Toten zu geben. Und jetzt entschuldigen Sie mich bitte. Die Kollegen erwarten mich in spätestens dreißig Minuten zurück.«

Allegretti hat ein absolut positives Gefühl, als er in das Auto einsteigt und sich in den chaotischen Feierabendverkehr der Millionenstadt einfädelt.

Das dilettantische Verhalten der Frau Doktor Claudia Santos lässt die Vermutung zu, dass sie die mit Blausäure Vergiftete persönlich kannte. Der Abschiedsbrief, den Allegretti in der Tasche der Toten entdeckte, war zwar mit dem Namen Leticia Sousa unterzeichnet, doch der Inspektor hegt Zweifel an der Authentizität des Dokuments.

Allein die Indizien fehlen noch, um die vermeintliche Täterin zu überführen.

Mit dem Satz: »Ich fühle mich ausgelaugt, kaputt und bin restlos erledigt«, betritt er seine Dienststelle. »Allerdings bin ich mir sicher, der Weg nach MORUMBI war lohnenswert, obwohl ich – aus unvorhergesehenem Anlass – an der Trauerfeier für PASTORE nicht teilnehmen konnte«, ergänzt er.

Zielstrebig setzt der Kommissar alle Hebel in Bewegung, um nähere Einzelheiten über Leticia Sousa zu erfahren. Seine erste Anlaufstelle ist das zuständige Einwohnermeldeamt, das ihm folgende Informationen zukommen lässt:

Die Tote ist 28 Jahre alt und brasilianische Staatsbürgerin. Zuletzt gemeldet war sie in Piratininga, einem Elendsviertel von Sao Paulo. Die Frau hatte also in einer so genannten Favela Siedlung gewohnt. Der extrem krasse soziale Unterschied zwischen ihr und dem Immobilienmakler Pastore lässt ganz gewiss nicht auf eine intime Beziehung schließen.

Es ist spät, als er den Dienst beendet und sich aufrafft, endlich Feierabend zu machen. Mit dem Gedanken, gleich morgen Vormittag die Toxikologin anzurufen, um mit ihr einen Gesprächstermin zu vereinbaren, verlässt Allegretti sein Büro.

Die Sterne stehen gut für den Polizeibeamten!

Um 9.15 Uhr wählt er die Telefonnummer des Institutes BUTANTAN und ist gleich verbunden mit Claudia Santos.

Unverhohlen fordert er sie auf, am Nachmittag in

seinem Büro zu erscheinen. »Wie Sie sicherlich erahnen, geht es um den Todesfall Leticia Sousa.« Funkstille! Für Bruchteile von Sekunden ist die Dame sprachlos. Sie scheint kurz nach Luft zu ringen, als sie schnippisch antwortet: »Das können Sie auf keinen Fall von mir erwarten. Ich betrete das Präsidium nicht! Es könnte meinem Ansehen schaden. Immerhin habe ich einen hervorragenden Ruf zu verlieren. Meine Alternative lautet: Sie können am Abend um 18.00 Uhr zu mir kommen. Die Adresse lautet: Rua Oscar Freire Nr. 1407. Allerdings weiß ich nicht, wie und womit ich Ihnen weiterhelfen soll.«

Pünktlich zur angegebenen Uhrzeit steht der Beamte vor dem gepflegten Hochhaus und betätigt den Klingelknopf. Senhora Santos, die im Parterre wohnt, öffnet ihm persönlich die Haustür und bittet ihn sogleich ins Arbeitszimmer. Der kleine Raum mit der spartanischen Einrichtung wirkt düster und wenig einladend.

Sogleich ergreift die Chemikerin das Wort.

»Worum geht es hier eigentlich? Weshalb wollen Sie ein Gespräch mit mir führen? Soll das ein Verhör werden?«, keift sie ihn an und zupft nervös an ihrer Frisur.

Der Kripobeamte bleibt ruhig und sachlich. »Es handelt sich nicht um ein Verhör«, erwidert er. »Eigentlich möchte ich Ihnen nur noch einmal die Frage stellen: Kannten Sie die Frau, die gestern auf dem Friedhof zusammenbrach und dort verstarb?«

Mit schriller Stimme, die sich beinahe überschlägt,

herrscht sie den Inspektor an. »Ich habe Ihnen bereits gestern die Auskunft gegeben, dass ich die Person nie zuvor gesehen habe und gewiss auch keinen Kontakt zu ihr hatte. Sah sie etwa aus wie meine beste Freundin? Zu Lumpengesindel und Putzfrauen fühle ich mich nicht hingezogen!«

»Das genügt mir eigentlich schon«, erwidert Allegretti.

Die Chemikerin und Toxikologin Dr. Claudia Santos hatte sich selbst um Kopf und Kragen geredet, indem sie erwähnte, dass es sich bei Leticia Sousa um eine »Putzfrau« handelte. Woher stammte ihr Hintergrundwissen, dass die Tote als Reinigungskraft tätig war. Bereits eine Woche später kann nicht nur die Akte Paolo Pastore geschlossen werden, sondern auch der Mordfall Leticia Sousa ist geklärt.

Unmittelbar nach ihrer Verhaftung legt Senhora Santos folgendes Geständnis ab:

»Am 26. November betrat ich um 10.50 Uhr die Büroräume des Immobilienmaklers und erschoss ihn aus nächster Nähe. Aus Eifersucht und aus Enttäuschung! Blind vor Wut zerrte ich das mit Chlorsäure gefüllte Reagenzglas aus der Manteltasche, um ihm zusätzlich sein traumschönes Gesicht zu zerstören. Es war mir wichtig, dem tragischen Geschehen eine besondere Facette hinzuzufügen«, gibt sie zu Protokoll. »Er hat mich belogen und betrogen mit anderen Frauen. Meine Wut war so groß, dass ich beschloss, ihn umzubringen.

Die quälenden Ängste jedoch, als Mörderin entlarvt

64

zu werden, brachten mich auf den Gedanken, der Putzhilfe Leticia Sousa den Mord anzuhängen. Ich hatte einen engen Kontakt zu ihr, da sie nicht nur die Büroräume von Paolo Pastore säuberte. Wöchentlich zweimal war sie auch bei mir privat als Raumpflegerin tätig.

Am Tag, bevor Paolo zu Grabe getragen wurde, kam mir ein abscheulicher Gedanke. Um meine eigene Haut zu retten, habe ich sie überredet, die Zeilen, die ich ihr diktierte, niederzuschreiben und das Dokument mit ihrer Unterschrift zu versehen. Meine kurze Erklärung: »Es soll nur ein kleiner Scherz werden«, genügte der einfältigen Person.

Ferner konnte ich sie dazu animieren, am Abend nicht mit dem Bus nach Hause zu fahren, sondern ausnahmsweise in meiner Wohnung zu übernachten. Leticia nahm das Angebot dankbar an. Immerhin wollten wir am darauf folgenden Tag gemeinsam an der Beisetzung des Mordopfers teilnehmen.

Noch in der Nacht gelang es mir, den so genannten Abschiedsbrief, den sie persönlich schrieb und unterzeichnete, in ihre Handtasche zu stecken.

Wenige Stunden später saßen wir uns am Esstisch gegenüber, um das Frühstück einzunehmen.

Es war ein Leichtes für mich, ihr das Arsen schubweise zu verabreichen. Die minimale Dosierung im Kaffee, den Brötchen, der Marmelade und dem Aufschnitt registrierte sie nicht.

Das liebevoll angerichtete Buffet hatte ich eigens für

Senhora Sousa hergestellt, die sich ganz herzlich dafür bedankte, bevor sie wenige Stunden später auf dem Friedhof von MORUMBI der Tod ereilte.«

Als » Bestie von Sao Paulo« wurde Frau Doktor Claudia Santos in den Medien betitelt, nachdem man sie zu einer lebenslangen Haftstrafe verurteilte.

Roter Mohn

Das alte, rote Backsteingebäude mit den von Spinnennetzen umwobenen Fenstern und dem dicht rankenden Efeu glich einem Geisterhaus. Nur das Ungeziefer und zwei Fledermäuse, die sich in dieser Umgebung sichtlich wohl fühlten, hauchten dem Bauwerk noch ein wenig Leben ein. Die Leuchtreklame mit der inzwischen leicht verwitterten Aufschrift MOTEL »ROTER MOHN« erinnerte daran, dass die verwaiste Immobilie gewiss einmal bessere Zeiten gesehen hatte.

Vor knapp sieben Monaten wurde die Restauration geschlossen!

Der Inhaber – ein Italiener – war ganz offensichtlich Hals über Kopf in einer Nacht- und Nebelaktion urplötzlich verschwunden. Zumindest lautete so die Aussage des Bruders, der eine Vermisstenanzeige bei der Polizei aufgab. Die Fahndung lief damals auf Hochtouren, und der Fall hatte in der Presse mehrfach für Schlagzeilen gesorgt.

Diverse Hypothesen wurden aufgestellt. Unter anderem zog man in Erwägung, dass Alessio Roberti wenige Wochen vor seinem Verschwinden in die Hände der italienischen Mafia geriet.

Die Kripo in Samburg stand vor einem Rätsel und kam mit ihren Recherchen nicht weiter. In der Annahme, er habe sich möglicherweise in seine Heimat abgesetzt, schaltete das zuständige Dezernat SAM 43 wenige Zeit später die carabinieri in der Toskana ein und bat um Unterstützung.

Am achtzehnten Mai – exakt neun Wochen nach dem dubiosen Verschwinden des undurchsichtigen Restaurantbesitzers – schöpfte man die Hoffnung, den italienischen Staatsbürger in seiner Geburtsstadt Siena aufgefunden zu haben.

Diego Orlando, ein passionierter Angler, meldete der zuständigen Gendamerie telefonisch den grausigen Fund eines Toten mit dem Satz: »Der Mann sieht aus, als habe jemand versucht, ihn zu massakrieren.« Orlando entdeckte ihn am Südufer des Vivo, dem Fluss, der die Provinz Siena durchläuft.

Mit den Worten: »Wir kümmern uns darum«, macht sich der Kriminaloberinspektor Leonardi persönlich auf den Weg. Als er nach knapp zehn Minuten mit seinem Assistenten am Fundort eintrifft, ist er sichtlich schockiert. Mit zertrümmertem Schädel und einem bis zur Unkenntlichkeit zerstörten Gesicht liegt das Opfer rücklings im unwegsamen Gestrüpp der Uferböschung.

Leonardi taxiert sowohl die Statur als auch die Körpergröße des Ermordeten.

»Nach den digitalen Fotos und der Deskription, die uns das Dezernat SAM 43 von Roberti zukommen ließ, gehen diese beiden Merkmale konform mit dem Vermissten. Jedoch ein Indiz spricht vehement dagegen. Es ist das Tatoo auf seinem rechten Unterarm.

Eine Kobra mit überdimensionalem Kopf! Die Tätowierung passt absolut nicht in das Bild des Gesuchten. Habe wider Erwarten nicht die Punktlandung getroffen, die ich mir erhofft hatte«, gibt er seinem Mitarbeiter achselzuckend zu verstehen.

In dem FAX, das er an die Polizeistation in Samburg schickt, fasst Inspektor Leonardi sich kurz. Er bringt sein Bedauern zum Ausdruck, dass es der zuständigen Gendamerie bislang nicht gelungen ist, Näheres über den gesuchten Alessio Roberti in Erfahrung zu bringen.

Eine zeitnahe Klärung im Fall des Vermissten scheint momentan nicht gegeben zu sein.

Die Akte »ROTER MOHN« liegt weiterhin auf dem Schreibtisch der Polizeidienststelle in Samburg.

Der Fall nimmt eine unerwartete Wende am zwölften Juni. An diesem Tag eröffnen sich gleich zwei neue Perspektiven. Telefonisch meldet sich ein Trucker aus Hessen. Axel Haggemand berichtet, dass er in einem überregionalen Pressebericht vom Verschwinden des Motelbesitzers erfahren habe.

»Bin regelmäßig wöchentlich zweimal bei Alessio für circa sieben Stunden eingekehrt, um die vorgeschriebenen Pausen bis nach Potsdam einzuhalten. Hatte nicht nur ein kumpelhaftes Verhältnis zu ihm, sondern er brachte mir sein uneingeschränktes Vertrauen entgegen. Die komplette Familiengeschichte offenbarte Alessio mir. Der älteste Bruder setzte ihn stark unter Druck, nachdem er in Erfahrung brachte, dass das Motel finanziell eine Goldgrube war. Wie ein Geier ist er über ihn hergefallen. Alessio musste allein im vergangenen Jahr knapp dreißigtausend Euro abdrücken, um dem Schmarotzer seinen aufwendigen Lebensstil zu finanzieren. Allein die Autos, die Tommaso Roberti fährt, verschlingen ein Vermögen, das er persönlich mit seiner Tätigkeit als kleiner Angestellter nicht aufbringen kann. Somit musste Alessio untertauchen! Zwangsläufig! Ihm blieb keine andere Chance, als sich aus dem Staub zu machen.«

Mit dem Satz: » Hier ging es stets um schnöden Mammon«, beendet der Anrufer das Telefonat.

Kriminalhauptkommissar Urban Sehrwold vom Dezernat SAM 43 in Samburg wirft noch einmal einen Blick in die Akte »ROTER MOHN«. Höchste Zeit, um zu Tommaso Roberti Kontakt aufzunehmen. Er war derjenige, der seinen Bruder als vermisst meldete und jetzt von einem Trucker aus Fürstenhagen stark belastet wurde.

Sehrwold atmet tief durch, als seine Sekretärin ihm den Besuch des Zeugen Bernd Pompetzki ankündigt, der bereits im Vorzimmer steht, sich nicht abweisen lässt und ihr unaufgefordert in das Dienstzimmer des Kommissars folgt.

»Ich berufe mich auf meine Bürgerpflicht und möchte eine wichtige Aussage machen.«

Der unangemessen selbstsicher auftretende Mann bezieht sich auf das geheimnisvolle Verschwinden des Motelbesitzers.

Pompetzki kommt ohne Umschweife sogleich zur Sache und berichtet, dass er Alessio Roberti am Vorabend gegen zweiundzwanzig Uhr im Spielcasino in Bad Ockendorf gesehen habe.

»Er sah leicht lädiert aus. Die Hautabschürfungen an der Stirn und auf der linken Wange waren nicht zu übersehen. Außerdem trug er eine stark getönte Brille mit Goldrand. Dennoch bin ich mir vollkommen sicher, dass es Roberti war, der hochkonzentriert am Roulettetisch saß und ständig seinen Einsatz verdoppelte. Immerhin habe ich mir das Pressefoto von ihm mehrfach intensiv angesehen.«

Argwohn und Zweifel an der Aussage des selbst ernannten »pflichtbewussten Bürgers« veranlassen den Kommissar dazu, sein Gegenüber darüber aufzuklären, dass bislang niemals ein Foto des Vermissten veröffentlicht wurde.

Pompetzki ist bemüht, die total peinliche Situation zu überspielen und versucht, sich zu revidieren.

Mit hochrotem Kopf stammelt er: »Dann habe ich mich ganz offensichtlich geirrt. Mag sein, dass ich das Lichtbild noch von dem Flyer in Erinnerung habe, als er – ich glaube, es war vor drei Jahren – sein Motel eröffnete. Das Werbematerial lag damals in diversen öffentlichen Einrichtungen aus.«

Mit dieser fadenscheinigen Aussage versucht der vermeintliche Zeuge, den Rückzug anzutreten, und wendet sich abrupt dem Ausgang zu.

Die Situation spitzt sich zu! Kommissar Sehrwold stellt sich ihm in den Weg und gibt dem Mann knallhart zu verstehen, dass er fest davon überzeugt ist, dass es zwischen ihm und dem verschollenen Alessio Roberti eine Verbindung gibt. Der Beamte hat inzwischen ein großes Problem damit, sich emotional zurückzunehmen.

»In der Annahme, dass Sie ihn persönlich kennen, fordere ich Sie auf, mir noch einige Fragen zu beantworten, bevor Sie gehen.«

Pompetzki fühlt sich nicht nur überrumpelt, sondern auch restlos überfordert. Sinnvollerweise hätte er besser geschwiegen und das Polizeipräsidium niemals betreten. Er ist ganz offensichtlich in eine Falle getappt und muss sich jetzt zwangsläufig einem Kurzverhör unterziehen.

»Sie sind sich also ganz sicher, Alessio Roberti in Bad Ockendorf gesehen zu haben, obwohl er Ihnen nur von einem Foto her bekannt ist«, stellt der Kommissar fest. »Verfügen Sie noch über den von Ihnen erwähnten Handzettel, auf dem der Gesuchte abgelichtet war, als er sein Motel eröffnete?«

Mit dieser Frage hat Bernd Pompetzki absolut nicht gerechnet. Er reagiert mit einem verneinenden Kopfschütteln und dem Satz: »Ich zähle nicht zu den Menschen, die unbedeutendes Material sammeln.«

Urban Sehrwold vom Dezernat SAM 43 erspart sich den Kommentar zu dieser Aussage und verabschiedet sich von ihm, nachdem er seine Personalien aufgenommen hat.

Etwa fünfzehn Minuten später setzt der Beamte seine Sekretärin davon in Kenntnis, dass er das Kommissariat verlässt, um den Bruder des vermissten Motelbesitzers aufzusuchen.

Sehrwold, der sein NAVI einschaltet und die schnellste Route eingibt, muss feststellen, dass die Fahrzeit nach Breckendorf über die Autobahn eine volle Stunde beträgt.

An diesem Freitagnachmittag herrscht – wie gewohnt – ein außerordentlich reger Autoverkehr. Der ermittelnde Beamte reiht sich in die Blechlawine ein, schwimmt mit dem Strom und hat nach exakt zweiundsiebzig Minuten sein Ziel erreicht.

Der triste Wohnblock an der Pleisitzer Straße Nummer 17 bis 21 gleicht nicht unbedingt einem Prestige Objekt. Das Highlight ist ausschließlich ein dunkelblauer Jaguar XF, der in einer der Parkbuchten vor dem Mehrfamilienhaus steht.

Urban Sehrwold stellt fest, dass zehn Parteien in diesem Gebäude wohnen. Unter den diversen Namenschildern entdeckt er auch den Klingelknopf für die Wohnung von Tommaso Roberti, der augenscheinlich im dritten Stock wohnt.

Es dauert eine ganze Weile, bis sich endlich jemand bemerkbar macht. Über die Gegensprechanlage wird dem Kommissar signalisiert, dass ihm in wenigen Sekunden die Haustür geöffnet wird.

Der junge Mann, der kurz darauf erscheint, ist dem Kommissar nicht bekannt. Bei dieser Person handelt es sich mit hundertprozentiger Sicherheit nicht um Tommaso Roberti, der seinen Bruder Alessio am sechzehnten März auf dem Präsidium als vermisst meldete.

Mit dem Wort »Sorry«, eröffnet ein etwa sechzehnjähriger Bursche mit schwarz gelocktem Haar und auffallend braunen Knopfaugen das Gespräch. »Ich bin Federico – von meinen Freunden auch Ric genannt. Sie wollen gewiss meinen Vater sprechen. Leider ist er nicht anwesend. Er hält sich – wie in jedem Jahr um diese Zeit – in Griechenland auf. Wahrscheinlich Korfu. Allerdings favorisiert er mehrere griechischen Inseln. Möglicherweise befindet er sich auch auf Rhodos, Kreta, Lesbos, Euböa oder ...«

Sehrwold unterbricht ihn und lässt ihn nicht weiter aussprechen.

»Du scheinst dir sehr sicher zu sein, dass ich nicht dich, sondern deinen Vater interviewen möchte.«

Das Wort »Interview« ist offensichtlich der Auslöser dafür, dass Federico allzu spontan reagiert und sich für seine Notlüge – wie er sie bezeichnet – entschuldigt. »Ich konnte ja nicht ahnen, dass Sie von der Presse sind. Selbstverständlich ist mein Vater zu Hause. Es geht gewiss um meinen Onkel Alessio, der vor einiger Zeit plötzlich untertauchte. Mein Daddy wird es begrüßen, wenn nochmals ein Bericht über das unerkläriche Verschwinden seines Bruders veröffentlicht wird.«

Sehrwold macht den jungen Mann auf seinen Dienstausweis aufmerksam, den der Neffe des Verschollenen bislang unbeachtet ließ. Erst jetzt nimmt er das Dokument bewusst wahr. Das Stimmungsbarometer sinkt! Federicos Augen beginnen zu funkeln. »Somit sind Sie also von der Polizei«, stellt er zynisch fest. Sein Ton wird plötzlich aggressiv.

Der Kriminalhauptkommissar und Federico stehen bereits auf der vorletzten Treppenstufe, die zur Etagentür der Wohnung von Tommaso Roberti führt.

Das Stimmengewirr lässt darauf schließen: Der Bruder des einstigen Motelbesitzers befindet sich in Gesellschaft mehrerer Personen.

Mit den schroffen Worten: »Sehen Sie zu, dass Sie mit dem Komplott klarkommen«, dreht der junge Mann sich auf dem Absatz um und hastet in Windeseile die achtunddreißig Treppenstufen hinunter, um das Haus zu verlassen.

Sehrwold versucht, sich lautstark bemerkbar zu machen, indem er zunächst den Klingelknopf betätigt. Keine Resonanz! Selbst sein penetrantes – beinahe unverschämtes Klopfen – scheint im Stimmengewirr unterzugehen.

Die Sätze, die der Kommissar akustisch wahrnimmt, beziehen sich ganz offensichtlich auf eine sechsstellige Geldsumme, die unter den Anwesenden aufgeteilt werden soll.

»Fünf Prozent von einhundertundzwanzigtausend sind verdammt lächerlich. Außerdem war das nicht so vereinbart«, brüllt einer der Männer mit bedrohlicher Stimme. Ein handfester Streit bricht aus unter den Beteiligten. Die Geräusche von berstendem Glas und dumpfen Schlägen sind nicht zu überhören. Ganz offensichtlich geht auch ein Teil des Mobiliars zu Bruch.

Sehrwold kann sich gerade noch in Sicherheit bringen, als von innen ein schwerer Gegenstand gegen die Wohnungstür geschleudert wird. In Windeseile wechselt er seinen Standort und rettet sich über die steile Treppenanlage bis in das unterste Stockwerk des Hauses.

Tränen überströmt kauert Federico Roberti auf der letzten Stufe, die zum Ausgang der Mietskaserne führt.

Der junge Mann springt auf, als er den Kommissar wahrnimmt. Er umklammert seine Hand und beschwört ihn, dem kriminellen Desaster in der Wohnung seines Vaters endgültig ein Ende zu setzen.

»Die Idee, meinen Onkel zu entführen, um ihn zu erpressen, mag von meinem Vater stammen, doch das ausführende Organ war ein gewisser Till, dessen bin ich mir sicher. Sein Nachname jedoch ist mir nicht bekannt. Heimlich habe ich mehrere Telefonate zwischen den beiden verfolgen können. Hier ging es um ein so genanntes Kidnapping mit ernsthaften Folgen für das Opfer, falls es nicht bereit war, die geforderte Summe in Höhe von einhundertundzwanzigtausend abzudrücken. Es bedurfte keiner großen Kunst, um zu erahnen, dass es sich bei dieser kriminellen Machenschaft um die Entführung von Alessio handelte. Allerdings könnte ich mir auch vorstellen, dass mein Onkel umgebracht wurde; und zwar auf bestialische Weise.«

Dieser Satz macht den Kriminalhauptkommissar Urban Sehrwold stutzig. Die Fantasie des jungen Mannes kannte offenbar keine Grenzen.

»Sachdienliche Hinweise zu dieser Äußerung wären schon hilfreich«, bemerkt der Polizeibeamte und schaut den Jungen mit einem spöttischen Lächeln an.

Federico verfügt ganz offensichtlich über mehr Hintergrundwissen, als er preisgibt, dessen ist der Kommissar sich sicher.

Seit knapp zehn Minuten unterhält sich Sehrwold mit ihm, als draußen – wie aus heiterem Himmel – der Motor eines Sportwagens aufheult und ein kurzes Hupsignal ertönt. Ric reißt die Haustür auf und sprintet – wie von einer Tarantel gestochen – auf das rote BMW Cabrio vom Typ E30 zu, das sogleich mit einem immensen Tempo startet, nachdem Federico in Windeseile auf dem Beifahrersitz Platz genommen hat. Nach weniger als sechzig Sekunden ist der Spuk vorbei.

Beinahe zeitgleich hastet eine männliche Person an Sehrwold vorbei, die der Kommissar mit hundertprozentiger Sicherheit identifizieren kann. Es handelt sich um Bernd Pompetzki, der aus dem dritten Stockwerk – gleich mehrere Stufen auf einmal nehmend – den Ausgang anvisiert.

»Zu spät«, lautet die lapidare Äußerung des Kriminalhauptkommissars, als er das rechte Handgelenk des augenscheinlich Flüchtenden umklammert und ihn festhält. »Nicht nur Federico hat sich aus dem Staub gemacht, sondern auch Sie sind ganz offensichtlich stark daran interessiert, das Weite zu suchen.«

»Verdammt!«, schreit Pompetzki. »Statt mich hier einer total unsinnigen Vernehmung unterziehen zu wollen, schicken Sie besser alle verfügbaren Streifenwagen auf die A 43, um ein noch größeres Unheil abzuwenden. Tommaso Roberti befindet sich mit seinem Sohn Federico auf dem Weg zum Airport Düsseldorf. Der Verbrecher will sich definitiv nach Südamerika absetzen.«

»Ich danke Ihnen für Ihre Belehrung, aber Sie können sicher sein, dass ich bereits alle Hebel in Bewegung gesetzt und die Kollegen von der Streife informiert habe, die längst die Fahndung nach dem BMW E30 aufgenommen haben«, gibt der Kommissar patzig zur Antwort. »Der Wagen wurde bereits gesichtet. Allerdings nicht – wie Sie schildern – in Richtung Düsseldorf, sondern der Fahrer hat Kurs auf Frankfurt genommen.«

Unterdessen liefern sich auf der Sauerlandlinie ein dunkelblauer Jaguar XF und der rote BMW eine halsbrecherische Verfolgungsjagd. Beide Fahrzeugführer benutzen ausschließlich die Überholspur. Der Verkehrsfunk warnt die Autofahrer auf der A45 kontinuierlich davor, den linken Fahrstreifen zu benutzen.

»Die sind durchgeknallt«, brüllt ein junger Mann, der hinter dem Steuer eines Tanklasters sitzt. Blankes Entsetzen steht ihm ins Gesicht geschrieben, als er für Bruchteile von Sekunden die beiden vorbeirasenden Autos wahrnimmt.

Inzwischen haben sich drei Streifenwagen mit eingeschaltetem Blaulicht soweit durchkämpfen können, dass sie sowohl das Heck des BMW als auch das des JAGUARS im Visier haben.

Der Autoverkehr in Richtung Frankfurt hat sich zwischenzeitlich erheblich verringert. Etliche LKW- als auch PKW-Fahrer haben sich kurzfristig auf Rastplätzen in Sicherheit gebracht.

Beide Fahrzeuge drosseln plötzlich abrupt ihre Geschwindigkeit. »Endlich! Jetzt haben sie uns wahrgenommen«, bemerkt der leitende Beamte Peter Ruhgaden, der bereits seit zwanzig Jahren im Streifendienst ist. »Hoffentlich kommt nicht einer der beiden auf die idiotische Idee, die Flucht ergreifen zu wollen und in Wilnsdorf/Neunkirchen die Bahn verlassen. Dann ist das Drama vorprogrammiert.«

»Ich weiß! Die Fahrbahndecke wurde unterspült, und es befindet sich ein Riesenkrater im Bereich der Abfahrt. Allerdings wurde sie bereits vor einer Woche für den Gesamtverkehr gesperrt. Das dürfte inzwischen jedem Verkehrsteilnehmer bekannt sein«, antwortet der junge Kollege, der heute zum ersten Mal im Einsatz ist.

Die Tragödie nimmt ihren Lauf! Der Fahrer des roten Cabrio – es handelt sich um Tommaso Roberti – hat aufgrund der Wahnsinnsgeschwindigkeit erst in letzter Sekunde die Vollsperrung erkannt und versucht, erneut auf Höchstleistung durchzustarten. Die 238 PS seines Fahrzeugs werden ihm jedoch zum Verhängnis, als er das Wagnis eingeht, das Lenkrad nach links zu reißen, um auf der Bahn zu bleiben. Im selben Augenblick prallt der Jaguar auf das Heck des vor ihm rasenden Fahrzeugs.

Der BMW durchbricht die rechte Leitplanke und stürzt aus einer Höhe von sechzig Metern jäh in den Abgrund. Durch die Wucht des Aufpralls haben sich die Wagen ineinander verkeilt, und zwangsläufig reißt er seinen Verfolger mit in die Tiefe.

Die zuständige Autobahnpolizei hat ganze Arbeit geleistet, und der nachfolgende Verkehr wird bereits seit zwanzig Minuten ab der Anschlussstelle Siegen/Netphen umgeleitet.

Kein Mensch ahnt, welch eine verheerende Tragödie sich soeben auf der A 45 abspielt. Alle Insassen wurden gemeinsam und zeitgleich in den Tod gerissen!

Der Polizei, den Ärzten und dem Rettungsdienst stockt der Atem. Ihnen bietet sich ein Bild des Grauens. »Hier kommt jede Hilfe zu spät«, lautet der Kommentar des Mediziners Dr. Peter Baddenau, der mit zwei weiteren Kollegen vor Ort ist. »Der Fall liegt klar auf der Hand«, stellt er resigniert fest. »Schwerer Auffahrunfall aufgrund extrem überhöhter Geschwindigkeit beider Fahrzeuge. In Erstaunen jedoch versetzt mich die vierte Leiche, die absolut nicht in das Unglücksgeschehen passt. Gefesselt, geknebelt, eingedrückter Kehlkopf. Kann mir eventuell jemand Auskunft geben, in welchem der beiden Autos dieser Leichnam transportiert wurde?«

Der Ort des Geschehens gleicht einem Trümmerfeld. Die Wrackteile liegen verstreut in einem Umkreis von mehreren hundert Metern. Wie sollte man hier noch einen Überblick darüber bekommen, wer in welchem Fahrzeug gesessen beziehungsweise gelegen hatte.

Kurz darauf trifft Kriminalhauptkommissar Urban Sehrwold ein, der während des gesamten spektakulären Einsatzes per Funk mit den Kollegen der Streife in Verbindung steht.

»Für mich grenzt es an ein Wunder, dass die Fahrzeuge nicht in Flammen aufgingen«, ist sein erster Kommentar, als er die Unfallstelle erreicht und unversehens auf den ihm unbekannten Doktor Baddenau trifft.

»Auf dem Gebiet bin ich Laie«, antwortet er. »Mich interessiert eher der Mann, der bereits tot war, bevor dieses Horror Szenario begann. Doch jetzt entschuldigen Sie mich bitte. Ich muss dringend zum nächsten Einsatz.« In Windeseile, und mit eingeschalteter Sirene verlässt der Dienst habende Notarzt den Schauplatz des Grauens.

Sehrwold hält Ausschau nach dem Streifendienstleiter Peter Ruhgaden, den er nach wenigen Minuten am Wrack des zerborstenen BMW ausfindig macht.

»Augenscheinlich sind drei Personen bei dieser Katastrophe ums Leben gekommen. Ihre Identität steht bereits fest. Wir haben die Reisepässe gefunden. Es handelt sich um Tommaso Roberti, Federico Roberti und Till Bunbacher. Zugelassen sind beide Fahrzeuge auf den Namen Tommaso Roberti. Alle Dokumente blieben unversehrt. Nach den bisherigen Erkenntnissen gehen wir davon aus, dass Bunbacher am Steuer des dunkelblauen Jaguars saß. Weitere Insassen gab es offenbar nicht. Eine Sache jedoch wirkt total suspekt. Auf dem Trümmerfeld befindet sich ein viertes Opfer, das allerdings bereits tot war, als…«

»Ich weiß, was Sie sagen wollen«, unterbricht Sehrwold seinen Gesprächspartner Ruhgaden. »Der Tote lag – oder saß – gefesselt, geknebelt und mit eingedrücktem Kehlkopf in einem der Unfallfahrzeuge. Doktor Baddenau setzte mich bereits davon in Kenntnis. Um es kurz zu machen: Ich persönlich gehe davon aus, dass es sich bei diesem Opfer um Alessio Roberti handelt. Er wurde am sechzehnten März von seinem Bruder Tommaso, der diesen roten BMW E30 fuhr, als vermisst gemeldet. Es mag suspekt wirken, aber ich bin sicher, dass es mir innerhalb der nächsten vierundzwanzig Stunden gelingt, das Phänomen aufzudecken. Immerhin gibt es einen Zeugen, der meines Wissens noch unter den Lebenden weilt und mit Sicherheit detaillierte Angaben zu dem Fall »Roberti« machen kann. Sowohl der Name als auch die Adresse sind mir bekannt. Inwieweit dieser Mann persönlich involviert ist, liegt derzeit allerdings noch im Dunkel.«

»Aufschneider«, zischt Ruhgaden, nachdem Sehrwold sich mit einem nur knappen Gruß von ihm verabschiedet.

Der Kriminalhauptkommissar vom SAM 43 ist total in seinem Element. Er wird Pompetzki ausquetschen wie eine Zitrone, falls er eine kooperative Zusammenarbeit ablehnen sollte.

Nach knapp einhundertundfünfzig Minuten parkt er seinen Dienstwagen vor dem Bungalow an der Breslauer Straße Nummer 12.

Ein beschauliches Siedlungsgebiet im Grünen mit gepflegten Einfamilienhäusern und individuell gestalteten Vorgärten.

»Nein, das darf nicht wahr sein! Es ist mir total peinlich, dass Ihr Fahrzeug hier aufkreuzt.« Pompetzki, der unvermutet plötzlich neben dem Beamten auftaucht, ist außer sich vor Wut. »Ein Polizeiwagen vor meinem Haus! Die Nachbarn werden sich die Mäuler zerreißen!«

»Das glaube ich kaum. Immerhin sind Sie ein ehrenhafter Mann, der Recht schaffend seiner Bürgerpflicht nachkommt. Ansonsten wären Sie vor drei Tagen nicht freiwillig bereit gewesen, auf dem Kommissariat zu erscheinen, um mir mitzuteilen, dass Sie den Vermissten Alessio Roberti im Spielcasino in Bad Ockendorf entdeckten«, beschwichtigt ihn der Beamte.

Bei dem Wort »freiwillig« läuft dem Techniker ein eiskalter Schauer über den Rücken.

»So war das nicht«, erwidert Bernd Pompetzki mit rauer Stimme und bittet darum, die Konversation in seinem Haus weiterzuführen.

»Es geht hier also um die Roberti Angelegenheit«, eröffnet der angebliche Zeuge das Gespräch. »Ich möchte jetzt nicht in die Rechtfertigung gehen, aber Sie sehen meine Position in dem Mordfall garantiert aus einer total falschen Perspektive, denn es handelt sich um…«

»Es liegt mir fern, Sie zu unterbrechen«, erwidert der Kommissar, »aber mit dem Wort »Mordfall« überraschen Sie mich. Bislang war stets nur die Rede davon, Alessio Roberti sei entführt worden. Ich denke, Sie sollten dem Versteckspiel ein Ende setzen und Ihr Hintergrundwissen preisgeben. Welche Rolle spielen Sie in dem so genannten Mordfall?«

»Eigentlich gar keine«, bekennt Pompetzki.

Zerknirscht und kleinlaut gibt er zu verstehen, dass Tommaso Roberti ihn um einen kleinen Gefallen unter Kollegen gebeten habe.

»Immerhin arbeiten wir in derselben Firma. Er berichtete mir kurz davon, dass sein Bruder – Inhaber des Motels »ROTER MOHN« – ihm einhundertundzwanzigtausend Euro schulde, die er bislang nicht zurückgezahlt habe. Tommaso wollte ihm einen Denkzettel verpassen, wie er sagte. Meine Aufgabe bestand lediglich darin, bei der Polizei eine Falschaussage zu machen, in der ich die Behauptung aufstellte, Alessio Roberti im Spielcasino von Bad Ockendorf gesehen zu haben.

Für diesen kleinen Freundschaftsdienst wollte er mich großzügig entlohnen. Zweitausend Euro sollten in meine Tasche fließen. So jedenfalls lautete das Versprechen, das Tommaso mir gab. Dass sein Bruder – der Restaurantbesitzer – zu dem Zeitpunkt bereits tot war, habe ich erst später erfahren. Jetzt ist der miese Schuft mit fliegenden Fahnen abgehauen, und wir haben keinen Cent gesehen.«

Sehrwold wird hellhörig. »Wen meinen Sie mit »wir«? Gibt es etwa noch weitere Personen, die Tommaso Roberti anheuerte, um seinem Bruder einen so genannten Denkzettel zu verpassen?«

»Na klar«, antwortet Pompetzki, der inzwischen wesentlich lockerer reagiert. Der Cognac, den er zwischenzeitlich dem Bar Fach des Side Bords entnimmt und in vollen Zügen genießt, hat seine Wirkung nicht verfehlt.

»Ein gewisser Bunbacher – angeblich Makler – ist ebenfalls involviert. Ein total unsympathischer Zeitgenosse. Auf mich wirkt er eher wie ein Berufskiller. Die wahre Drecksarbeit übernahm er.

Ich spreche von dem Mord an Alessio, wenn Sie verstehen, was ich meine. Erst am heutigen Vormittag, als wir uns gemeinsam in der Wohnung von Tommaso trafen, um die finanziellen Angelegenheiten zu regeln, erfuhr ich davon. Bunbacher fesselte das Opfer und drückte ihm den Kehlkopf ein. Zehntausend sollte er vom Auftraggeber dafür bekommen. Inzwischen jedoch war Tommaso Roberti zu dem Entschluss gekommen, den Killer mit nur sechstausend und mich mit dreihundert Euro abzuspeisen. Der Streit um die Kohle eskalierte und geriet außer Kontrolle. Ich gehe davon aus, Sie haben den Zoff mitbekommen. Immerhin hielten Sie sich bereits zu dem Zeitpunkt in dem Haus auf. Das wurde mir klar, als ich aus der Wohnung von Tommaso abhauen wollte und Sie mich reichlich unsanft im Treppenhaus in Empfang nahmen, während mein Arbeitskollege wenige Minuten zuvor mit seiner prall gefüllten Geldtasche den Fluchtweg über die Feuertreppe des Gebäudes antrat und Bunbacher ihm wutentbrannt nachstellte.

Ich verfolgte nur noch ein Ziel, und das hieß: Raus aus dem Schlamassel!

Die Info, dass Tommaso sich nach Argentinien absetzen wollte, steckte mir sein Sohn Federico. Voller Euphorie berichtete er mir von dem Vorhaben seines

Vaters, auswandern zu wollen. Der Bursche war total begeistert. Den wahren Hintergrund jedoch hat er garantiert nicht geschnallt, und auch ich hatte bis zum heutigen Tag nicht kapiert, worauf ich mich einließ. Erst jetzt – im Nachhinein – glaube ich nicht mehr daran, dass der Restaurantbesitzer Alessio Roberti seinem Bruder Tommaso das Geld schuldete. Meine Theorie ist inzwischen die, dass der finanziell gut gestellte Motelbesitzer von seinem eigenen Bruder massiv unter Druck gesetzt wurde und hunderttausend Euro abdrücken sollte, um ihm einen Neustart in Südamerika zu finanzieren.

Inzwischen jedoch ist mir alles gleichgültig geworden. Tommaso ist abgehauen, und die versprochene Knete habe ich nicht bekommen. Der Killer seines Bruders allerdings, dieser Bunbacher, wird ihm mit Sicherheit weiterhin auf den Fersen bleiben. Der lässt nicht locker, darauf können Sie Gift nehmen«, gibt er dem Kommissar zu verstehen, während er sein Cognacglas erneut bis zum Rand füllt.

»Nur zu Ihrer Information«, klärt Kommissar Urban Sehrwold sein Gegenüber auf. »Sie gehen recht in der Annahme, dass Till Bunbacher seinen Auftraggeber nicht aus den Augen ließ und ihn verfolgte. Allerdings musste er inzwischen bereits aufgeben. Dass er ihm weiterhin auf den Fersen blieb – wie Sie es ausdrücken – wurde ihm zum Verhängnis. Er heftete sich an den roten BMW – am Steuer saß Tommaso Roberti – und raste zeitgleich mit ihm in den Tod. Das war das Ende.«

Mit glasigen Augen stiert Pompetzki auf die Cognac-flasche und stellt dem Hauptkommissar die Frage: »Und was ist mit Alessio? Lag der noch immer im Kofferraum des dunkelblauen Jaguars, den der Killer fuhr?«

Der Beamte zuckt mit den Schultern. »Von einem Kofferraum war an beiden Fahrzeugen kaum noch etwas zu erkennen. Es steht jedoch fest, dass sich unter den insgesamt vier Toten auch eine gefesselte, geknebelte, männliche Person befindet«, lautet seine Antwort.

Bernd Pompetzki nickt. »Das war mir klar! Der Mörder hat sein Opfer ganz einfach hinten in den Wagen gepackt und ist seelenruhig die ganze Zeit mit dieser Fracht unterwegs gewesen.

Sollte die Polizei einen Zeugen benötigen, dass Alessio Roberti als Leiche im Kofferraum des Wagens transportiert wurde, können Sie sich gerne auf mich berufen.«

Sehrwold bedankt sich mit dem Satz: »Ist freundlich gemeint, aber als Zeuge sind Sie für uns wohl kaum der richtige Mann.«

Ein mörderisches Wochenende

»Das wird ein Mordswochenende«, schwärmt Lina, als sie am Freitagmittag um 14.00 Uhr in der Aula neben ihrem Klassenkameraden Roland Brannt steht. Er scheint nicht sonderlich interessiert an ihrer Äußerung zu sein.

Gelangweilt schaut er auf sein Smart Phone und würdigt sie keines Blickes.

Die junge Frau streicht sich das Haar glatt wie ein Vogel, der seine Federn putzt, bevor sie in die Manteltasche greift, um einen zerknüllten Briefumschlag hervor zu kramen.

Nicht im Entferntesten erahnt sie, dass ihre lapidare Äußerung bereits in weniger als achtundvierzig Stunden zur bitteren Realität wird.

Lina Kampf, 22 Jahre alt, Schülerin des Alberto Gymnasiums, Klasse 12. Ein bereits etwas älteres Semester, wie sie selbst bekennt. »Habe drei Jahre lang out of order gelebt, die meiner Selbstfindung dienten«, erzählt sie jedem, der es hören möchte – oder auch nicht –, wenn sie von ihrer mehrjährigen Affäre mit einem Hochschulprofessor aus Koesgrumm protzt. Sie ist stolz darauf und gerne bereit, nähere Details über die Beziehung preiszugeben, wenn jemand sein Interesse daran bekundet.

Von dem Großteil der Schulklasse wird sie absolut nicht ernst genommen. Man bezeichnet sie als »durchgeknallt« und meidet den Kontakt zu ihr. Sie ist nicht nur unbeliebt bei den Mitschülerinnen und Mitschülern, sondern auch bei den Lehrkräften der Schule, die in der Klasse unterrichten.

Mit einer Ausnahme! Herr Doktor Soohlhoff – Fachlehrer für Latein und Griechisch.

»In meinen Fächern ist Lina Kampf topfit und übernimmt die Führungsspitze mit ihren Bestnoten. In ihren schriftlichen Arbeiten liegt sie bei einem Durchschnitt von 1,2. Sie verfügt über eine außergewöhnliche Sprachbegabung«, äußert er in der Lehrerkonferenz, die über die Zeugnisnoten für das zweite Halbjahr der Jahrgangsstufe debattiert.

»Interessant«, ergreift die Direktorin der Schule das Wort. »Das gesamte Kollegium bewertet ihre Leistungen als ungenügend. Die Versetzung ist nicht nur gefährdet, sondern es steht bereits fest, sie wird dieses Schuljahr noch einmal wiederholen müssen. Es sei denn, sie verlässt unsere Institution. Frau Kampf ist schlicht und einfach untragbar. Sie schädigt den guten Ruf des Rinaldo Alberto Gymnasiums«, fügt sie hinzu.

Der Hass, den sie gegenüber der Schülerin hegt, spiegelt sich in den eiskalt blaugrauen Augen der kräftig gebauten, dominanten Persönlichkeit wider. Louisa Amelfeld ist eine Frau mit Prinzipien!

»Anlässlich der Informationen, die mir bezüglich der Schülerin zu Ohren gekommen sind, sträuben sich mir die Nackenhaare. Ihre Äußerung, Herr Kollege, dass Lina Kampf ausgerechnet in Ihren Fächern Bestnoten erzielt, kann ich in keiner Weise nachvollziehen.

Ich fordere Sie auf, mir die schriftlichen Arbeiten der jungen Frau am Montag pünktlich um 7.45 Uhr vorzulegen, und weise darauf hin, dass Sie bei einer eventuellen Manipulation mit unabwendbaren Konsequenzen rechnen dürfen.« Mit diesen Worten beendet Frau Amelfeld ihren Monolog und schließt die Konferenz.

Nahezu das gesamte Kollegium ist geschockt und starrt unverwandt auf Steffen Soohlhoff, der – von zynischen Blicken verfolgt – betreten und mit hochrotem Kopf das Lehrerzimmer verlässt und die Tür zu dem inzwischen verwaisten Klassenraum der U 09 öffnet.

Er hat sich nichts vorzuwerfen!

Zugegeben: Vor knapp sieben Monaten ließ er sich von der jungen Frau breitschlagen, ihr intensiven Nachhilfeunterricht in den Fächern Latein und Griechisch zu erteilen. Zweimal wöchentlich je drei Stunden. Die Idee stammte von ihr.

»Das muss aber unter uns bleiben. Wenn mein Vater davon erfährt, bekomme ich massive Probleme. Dennoch müssen Sie sich um Ihr Honorar keine Gedanken machen. Ich zahle es aus meiner eigenen Tasche. Immerhin habe ich mir in den vergangenen Jahren durch einen kleinen Nebenjob ein ansehnliches finanzielles Depot schaffen können.«

Steffen Soohlhoff war – nach längerem Zögern – ihrer Bitte nachgekommen. Sie einigten sich auf die Wochentage Dienstag und Donnerstag, jeweils von 15.00 Uhr bis um 18.00 Uhr. Die Schülerin akzeptierte das festgelegte Honorar von 20 Euro pro Stunde.

Lina Kampf entpuppte sich als phänomenales Sprachtalent und verbesserte innerhalb kürzester Zeit ihren Notendurchschnitt von 4,3 auf 1,2.

Der überaus korrekte Pädagoge versteht die Welt nicht mehr! Seine Vorgesetzte – Frau Louisa Amelfeld – hatte ihn vor dem gesamten Kollegium diffamiert.

Doktor Steffen Soohlhoff steht vor dem Wandschrank seines Klassenzimmers und greift nach dem Ordner der Schülerin, in dem er die schriftlichen Arbeiten abgeheftet hat.

Hier gibt es nichts zu korrigieren – geschweige denn, zu manipulieren – wie die Frau Direktorin es unverblümt zum Ausdruck brachte.

Ordnungsgemäß wird er ihr die Dokumente am Montag aushändigen.

Inzwischen scheint er der einzige zu sein, der sich noch im Schulgebäude aufhält. Es herrscht eine gespenstische Stille im gesamten Haus.

Als der Pädagoge jedoch den Raum verlässt, um – wie seine Kollegen – ebenfalls den Heimweg anzutreten, muss er feststellen, dass er sich geirrt hat.

Er ist sich sicher, es ist die Stimme der Direktorin, die er deutlich wahrnimmt. Offenbar hält sie sich im Obergeschoss des Gebäudes auf und telefoniert.

Bedingt durch die besondere Akustik im offenen Treppenhaus ist es ihm möglich, jedes Wort zu verstehen.

»Wenn du dich nicht an unsere Spielregeln hältst und plötzlich einen Rückzieher machst, lasse ich dich hochgehen. Du weißt, das ist für mich überhaupt kein Problem. Immerhin bist du damals mit einem blauen Auge davongekommen. Ausschließlich mir hast du es zu verdanken, dass du einer Haftstrafe entgangen bist, weil ich vor Gericht die Behauptung aufstellte, dich nie zuvor in meinem Leben gesehen zu haben. Dank meiner Falschaussage war der Richter felsenfest davon überzeugt, dass du als Täter für den Einbruch nicht infrage kamst. Nur deshalb erfolgte der Freispruch! Zu großem Dank bist du mir verpflichtet! Glaubst du, es hat mir damals Spaß gemacht, meinen Kopf für dich hinzuhalten? Habe Hals und Kragen riskiert! Du kannst dich glücklich schätzen, mit heiler Haut davongekommen zu sein.

Doch die Vergangenheit scheint dich überhaupt nicht mehr zu interessieren. So einfach geht das nicht!

»Eine Hand wäscht die andere«, sagt ein altes Sprichwort.

Jetzt bist du gefordert! Ich erwarte von dir, dass du dich revanchierst! Deine jetzige Reaktion kann ich nicht nachvollziehen, und ich werde sie auch nicht akzeptieren.

Deine Gegenargumentation ist nicht nur fadenscheinig, sondern sie klingt völlig absurd. Du bist dir offenbar nicht darüber im Klaren, dass du sowieso bereits seit Jahren restlos erledigt bist. Außerdem möchte ich dich darum bitten, mich nicht pausenlos zu unterbrechen, um darauf hinzuweisen, dass ich zu laut spreche. Bin hier mutterseelenallein im Gebäude und außerdem weit vom Schuss. Halte mich im Obergeschoss – genauer gesagt – im Physiksaal auf. Ich fahre jetzt nach Hause und melde mich am späten Abend noch einmal, um dir detaillierte Instruktionen zu erteilen.

Den Grundriss des Hauses Demenburger Straße 13 lasse ich dir per Mail zukommen. Dein großer Auftritt findet am Samstag um 23.45 Uhr statt! Mit allen Konsequenzen! Definitiv halten sie sich zu dem Zeitpunkt in seinem Haus auf. Als Spezialist für Einbrüche dürfte es ein Leichtes für dich sein, dir Zugang über die Terrasse zu verschaffen.

Und denk daran, du sollst den Beiden nicht nur einen harmlosen Denkzettel verpassen. Du musst schon eine Stufe höher schalten. Nur die Hartgesottenen stehen auf der Erfolgsleiter und erklimmen die oberste Sprosse.

Unter dem Motto: »Wer nicht wagt, der nicht gewinnt«.

Ich weiß, du hast das Potenzial dazu, mein »Prinz«.

Die Direktorin scheint das Gespräch beendet zu haben.

Lautlos schleicht der Pädagoge durch die Eingangshalle. Wider Erwarten gelingt es ihm tatsächlich, die Außentür völlig geräuschlos zu öffnen, um unbemerkt das Schulgebäude zu verlassen.

Schweißgebadet hastet Soohlhoff zur Bushaltestelle und erreicht in letzter Sekunde die Linie 8. Wie gewohnt sind alle öffentlichen Verkehrsmittel am Wochenende total überfüllt. Es grenzt beinahe an ein Wunder, dass er heute tatsächlich noch einen Sitzplatz bekommt.

Sein Nervenkostüm ist arg strapaziert. Die unvorhergesehenen Tagesereignisse haben ihn restlos aus der Bahn geworfen.

Seine Gedanken kreisen nicht nur um die Anschuldigung seiner Vorgesetzten gegen ihn, sondern primär um den Inhalt des Telefonats, das sie führte.

Er kann sich keinen Reim darauf machen. Die unmissverständlichen Anweisungen, die Frau Amelfeld ihrem Gesprächspartner gab, deuten auf eine abscheuliche Straftat hin. Anstiftung zum Mord?

Sie scheint mit den Örtlichkeiten, an denen das Verbrechen stattfinden soll, persönlich vertraut zu sein.

Mit zitternden Fingern öffnet der Pädagoge seine schwarze Ledertasche und greift nach einem Notizblock.

Der Fahrgast, der neben Steffen Soohlhoff sitzt, bietet ihm seine Hilfe an, als er feststellt, dass sein Nebenmann verzweifelt nach einem Schreibstift sucht.

Mit den Worten: »Den können Sie behalten«, händigt Holger Bretto ihm einen Kugelschreiber aus.

Der Pädagoge bedankt sich mit einem knappen Kopfnicken und versucht, den Inhalt des Gesprächs zwischen Frau Amelfeld und dem Unbekannten, den sie als mein » Prinz« bezeichnete, stichpunktartig schriftlich zu fixieren. Priorität haben insbesondere die Adresse und die Uhrzeit.

Demenburger Straße 13, Samstag um 23.45 Uhr.

Weshalb ist ihr der Zeitpunkt für den Einbruch, den sie ihrem Gesprächspartner explizit vorgab, so wichtig?

Möchte sie persönlich am Tatort erscheinen, um ihn unter Kontrolle zu haben?

Soohlhoff beschleicht ein beklemmendes Gefühl. Inzwischen fühlt er sich mit verantwortlich! Immerhin

hat er der obskuren Konversation deutlich entnommen, dass Gefahr in Verzug ist.

Ihm ist speiübel, als er an der Haltestelle AM BOKAM aussteigt. Der Fußweg zu seiner Wohnung beträgt exakt sieben Minuten.

Er fühlt sich als Mitwisser! Immerhin stehen ganz offensichtlich zwei Menschenleben auf dem Spiel. Unschlüssig bleibt er vor der Doppelhaushälfte, die er alleine bewohnt, stehen.

Nur einen Steinwurf entfernt befindet sich das Kommissariat des achten Bezirks.

Ihm fehlt ganz einfach der Mut, persönlich dort vorstellig zu werden. Außerdem hat er keine Beweise. Ohne Zeugen steht er allein auf weiter Flur. Louisa Amelfeld würde den Vorwurf, dass sie eine Person damit beauftragte, ein Verbrechen zu begehen, vehement abstreiten und alle Register ziehen, um jegliche Schuld von sich zu weisen.

Die Konsequenz: Die Schulleiterin wäre durchaus imstande, eine Verleumdungsklage gegen ihn anzustreben, und am Ende stünde er als Looser da.

Wie immer, wenn er psychisch extrem unter Druck steht, begibt Steffen Soohlhoff sich in sein Atelier.

Der Hobbykünstler hat sich inzwischen auf Portraits spezialisiert, die gelegentlich auch identisch sind mit lebenden Personen.

Derzeit arbeitet er an einem Bildnis der Freifrau Elfriede von Gusskorff zu Ebesheim. Den Auftrag dazu erhielt er von seinem Freund Hannes Gergstein, der seit knapp zwei Jahren unmittelbar neben ihm wohnt.

Der ehemalige Kollege wechselte seine Dienststelle »aus persönlichen Gründen«, wie er es damals formulierte. Nur achtzehn Monate lang unterrichtete er am Domac Gymnasium im benachbarten Koesgrumm, da er kurz entschlossen vorzeitig in Pension ging.

Bis zum heutigen Tag blieb der wahre Hintergrund seines Versetzungsantrags sowohl Soohlhoff als auch dem gesamten Kollegium verborgen.

Gegen 17.00 Uhr steht Hannes völlig unerwartet am weit geöffneten Studiofenster seines Nachbarn, um ihm ein Paket auszuhändigen. »Habe es für dich vom Postboten entgegengenommen und hoffe, dass das so in Ordnung ist.«

Mit einem kurzen Kopfnicken und dem Satz: »Wenn du magst, können wir gemeinsam einen Kaffee bei mir trinken«, geht Soohlhoff zur Haustür und öffnet ihm.

»Hab ich mir beinahe gedacht, dass du dir soeben meine Tante Elfi endlich wieder einmal zur Brust genommen hast, als ich das weit geöffnete Fenster sah. Du weißt, am vierundzwanzigsten November muss das Unikat fertig sein. Immerhin wird sie neunzig und soll sich mindestens noch ein Jahrzehnt lang daran erfreuen können«, fügt er augenzwinkernd hinzu.

Zum Scherzen ist dem Gastgeber wahrhaftig nicht zumute.

»Ich arbeite derzeit nicht an dem Objekt einer Dame des Adels, sondern an der Gestalt eines Ungeheuers aus meinem nahen Umfeld«, gibt er seinem Gesprächspartner unmissverständlich zu verstehen. »Habe erst vor einer Stunde damit begonnen. Die Frau dürfte auch dir nicht unbekannt sein!«

Hannes Gergstein stutzt! Entgeistert starrt er seinen Freund an, als er auf der Leinwand definitiv die Konturen der Kopfform erkennt.

»Louisa Amelfeld! Du hast einen Auftrag von dieser Hyäne entgegen genommen? Wie blind muss man sein, um die Niederträchtigkeit des Monsters nicht zu erkennen. Du kannst mir glauben, mit der scheinheiligen Bitte, ein Portrait von ihr zu fertigen, führt sie nichts Gutes im Schilde. Das Motiv ist mir logischerweise unklar. Immerhin habe ich seit exakt zweiundzwanzig Monaten nichts mehr mit ihr zu tun. Dennoch ich bin mir sicher, sie hat sich zum Ziel gesetzt, auch dich fertig zu machen!«

Bis zum Ende des letzten Satzes seines ehemaligen Kollegen hatte Soohlhoff geschwiegen und dessen undefinierbaren Aussagen nicht kommentiert. Jetzt beginnt er beginnt, in die Offensive zu gehen.

»Frau Amelfeld hat mir keinen Auftrag dazu erteilt. Diese Aktion hier mache ich aus freien Stücken. Für mich persönlich ist es eine Art von Gegenwartsbewältigung.

Vor versammelter Mannschaft hat sie mich heute in der Zeugniskonferenz als vollkommen unglaubwürdig dargestellt. Am Montagmorgen muss ich ihr den Beweis vorlegen, dass sich eine Schülerin von mir in ihrem Notendurchschnitt erheblich verbessert hat. Die Schulleiterin scheint stark interessiert daran zu sein, dass Lina freiwillig und umgehend unsere Institution verlässt. Der wahre Hintergrund dafür ist mir jedoch nicht bekannt.«

Hannes Gergstein, der bislang zwar aufmerksam zu-
hörte – doch diesem Vorfall zunächst nur eine geringe
Bedeutung beimisst – wird hellhörig.

»Du sprichst ganz offensichtlich von Lina Kampf!
Obwohl du ihren Nachnamen nicht erwähntest, ist mir
klar, dass sie damit gemeint ist. Du wirst es kaum
glauben, aber sie ist eine Verwandte von mir. Genauer
gesagt: Sie ist meine Nichte!

Eine unangenehme Zeitgenossin, die es faustdick hin-
ter den Ohren hat und stets den Unschuldsengel spielt.
Die junge Frau hatte über einen langen Zeitraum ein
Verhältnis mit dem Hochschulprofessor Volker
Broogt.

Es mag eine Hiobsbotschaft für dich sein, wenn ich
dir jetzt auch noch eröffne, dass dieser Broogt zwölf
Jahre lang mit der Amelfeld offiziell liiert war.

Pausenlos konfrontierte sie mich mit der prekären Situation. Letztendlich machte sie mich persönlich verantwortlich dafür, dass diese verkorkste Person – wie
sie Lina betitelte – ausgerechnet das Rinaldo Alberto
Gymnasium besucht.

Die Bestie machte mir das Leben zur Hölle! Mit erhobenem Zeigefinger hat sie vor mir gestanden und
gedroht:

ENTWEDER VERLASSEN SIE UNSERE EIN-
RICHTUNG – ODER LINA KAMPF BLEIBT HIER
AUF DER STRECKE!

100

Deine Äußerung jedoch gibt mir inzwischen die Gewissheit, dass Lina weiterhin auf der Abschussliste steht, obwohl ich die Schule dann gewechselt habe.

Hörst du mir eigentlich noch zu?«, wirft Gergstein ein, als er in die ausdruckslosen Augen seines ehemaligen Kollegen schaut.

»Ja! Ja natürlich! Entschuldige bitte. Meine Gedanken kreisen soeben um ein Telefonat, das ich mehr oder weniger unfreiwillig verfolgt habe. In diesem Zusammenhang möchte ich dich fragen: Kennst du die Demenburger Straße?«

»Selbstverständlich! Sie befindet sich im Nachbarort Koesgrumm. Die gesamte Wohngegend ist ein Begriff! Das Domizil der High Society! Dort bewohnte einst auch Frau Louisa Amelfeld mit ihrem Ehemann Volker Broogt einen Bungalow der Luxusklasse.

Was soll diese Frage? Steht sie in einem Zusammenhang mit dem Telefongespräch, das du soeben erwähntest? Wer ist die Person, die das Gespräch führte? Gehe ich recht in der Annahme, dass es deine Vorgesetzte war, die mit ihrem »Prinzen« kommunizierte und ihm mit säuselnder Stimme Komplimente bezüglich seiner meisterhaften Arbeit ins Ohr raunte?«

Steffen Soohlhoff ist fassungslos und ringt nach Worten: »Nein! Nein, das war vollkommen anders! Sie hat ihn verbal nicht nur restlos attackiert, sondern ihm auch noch einen Auftrag erteilt. Einen kriminellen Auftrag! Doch darf ich dir in diesem Zusammenhang zunächst einmal eine Gegenfrage stellen? Woher stammt dein Hintergrundwissen, dass Louisa Amelfeld in Kontakt mit dem so genannten »Prinzen« steht. Wer verbirgt sich hinter dem Pseudonym?«

»Alles halb so wild! Die Amelfeld sympathisiert mit dem jungen Mann, weil sie ausschließlich ihre Vorteile darin sieht und ihren Nutzen daraus zieht. Du kennst doch ihren dunkelblauen Sprinter aus den neunziger Jahren. Laut Tacho hat das Vehikel garantiert bereits mindestens eine Weltreise hinter sich. Dirk, der Mechatroniker, macht es immer wieder möglich, es noch einmal auf Vordermann zu bringen, um die Karre ordnungsgemäß durch den TÜV zu schleusen. Mehr ist da nicht zwischen den beiden. Zumindest kann ich mir das nicht vorstellen.«

Soohlhoff versucht, seinem Freund plausibel zu machen, dass das heutige Telefonat zwischen Louisa Amelfeld und dem so genannten »Prinzen« definitiv einen wesentlich anderen Hintergrund hatte.

»Die Schulleiterin hat den jungen Mann voll im Griff aufgrund einer Straftat, die er irgendwann und irgendwo beging. Offensichtlich handelte es sich um einen Einbruch ohne weitere Zeugen. Vor Gericht hat Frau Amelfeld ihn ganz offensichtlich gedeckt – aus welchem Grund auch immer. Sie verschaffte ihm ein Alibi, und der so genannte »Prinz« ging straffrei aus. Jetzt soll er sich erkenntlich zeigen für ihre Großmütigkeit. Nachdrücklich forderte sie ihn auf, in der Nacht zum Sonntag das Haus an der Demenburger Straße Nummer 13 aufzusuchen. Explizit um 23.45 Uhr.

Mit dem Satz, DU SOLLST DEN BEIDEN NICHT NUR EINEN HARMLOSEN DENKZETTEL VERPASSEN!, machte sie die Person am anderen Ende der Leitung darauf aufmerksam, dass sich zu dem von ihr angegebenen Zeitpunkt zwei Personen in der Immobilie aufhalten.«

»Lina!«, flüstert Gergstein. »Wahrscheinlich hat sie den Kontakt zu Broogt wieder aufleben lassen. Sie ist und bleibt ein BIRD OF PARADISE, der sich in den Kopf gesetzt hat, sein Leben vollkommen sorglos und ohne Eigeninitiative in den Griff zu bekommen. Sie verschließt die Augen vor der Realität und rennt blindlings in ihr eigenes Verderben. Schwarzmalerei liegt mir fern, das weißt du. Die jetzige Situation allerdings zwingt mich dazu, Hilfe von außen in Anspruch zu nehmen.«

Soohlhoff muss nicht lange überlegen, um den Plan seines Freundes zu durchschauen.

»Du willst die Polizei einschalten? Ohne mich!«, wettert er. »Ich habe kein Interesse daran, mich freiwillig in Schwierigkeiten zu begeben, die sich nachher möglicherweise in Luft auflösen. In diesem Fall werde ich garantiert nicht als Zeuge agieren, das kann ich dir versichern!«

Das Gespräch zwischen den beiden droht zu eskalieren. Angespannt und mit versteinerter Miene fordert der Zeuge des Telefonats seinen ehemaligen Kollegen auf, ihn in dieser Angelegenheit aus dem Spiel zu lassen.

»Meinetwegen kannst du die Sache im Alleingang durchziehen. Mich jedoch lässt du außen vor! Ich habe kein Interesse daran, mir freiwillig weitere berufliche Probleme aufzuhalsen. Erst jetzt – im Nachhinein – stelle ich fest, dass es ein großer Fehler von mir war, dich von dem Telefonat in Kenntnis zu setzen. Deine Überreaktion empfinde ich als vollkommen übertrieben und total unangemessen.«

Mit diesen Sätzen versucht Steffen Soohlhoff, seinen Freund dahingehend zu beeinflussen, der Dinge zu harren und ganz einfach still schweigend abzuwarten.

Hannes Gergstein ist außer sich! Grußlos verlässt der die Wohnung und schlägt wutentbrannt die Haustür hinter sich zu.

Der Gastgeber starrt auf die leeren Kaffeetassen.
Er war sich der Tragweite nicht bewusst gewesen, den ehemaligen Kollegen in das Telefonat einzuweihen und hätte die Interna für sich behalten sollen.
Zu spät!
Hannes würde alle Hebel in Bewegung setzen, um
Licht in das Dunkel bezüglich dieser mysteriösen Angelegenheit zu bringen. Koste es, was es wolle.
Sollte Gergstein tatsächlich die Polizei einschalten, wäre er geliefert. Bereitwillig würde der ihn als Informanten preisgeben und die Beamten davon in Kenntnis setzen, dass er es war, der das Gespräch zwischen

der Schulleiterin Louisa Amelfeld und dem »Prinzen« von A bis Z verfolgte.

Wie in Trance bringt Steffen Soohlhoff das benutzte Geschirr in die Küche.

Seine Gedanken kreisen ausschließlich um den bevorstehenden Einbruch, den ein gewisser Dirk – alias der »Prinz« – in weniger als 24 Stunden begehen wird.

Eine Straftat, bei der zwei Menschenleben auf dem Spiel stehen.

Fairerweise sollte er sich im Polizeipräsidium melden, bevor sein ehemaliger Kollege ihm zuvorkommt.

Der Pädagoge des Rinaldo Alberto Gymnasiums – unter der Leitung von Frau Louisa Amelfeld – hat Angst!

Angst um seine berufliche Existenz!

In der Annahme, seine Gedanken in eine andere Richtung lenken zu können, greift er nach einem Kunstbuch des Malers Allen Jones, das er erst vor wenigen Tagen erstanden hat.

Vollkommen unfähig, sich auf die Bilder, geschweige denn, auf den Text zu konzentrieren, legt Soohlhoff es beiseite.

Er wirft einen Blick auf die Standuhr im Kaminzimmer.

Der Countdown des Verbrechens rückt immer näher. Soohlhoff ist sich seines unverantwortlichen Verhaltens durchaus bewusst. Statt Anzeige zu erstatten, geht er in die Defensive. Unter dem Motto: »Jeder ist sich selbst der Nächste«.

Der unfreiwillige Zeuge fühlt sich inzwischen dem psychischen Druck nicht mehr gewachsen und fasst den Entschluss, die Opfer zu warnen.

In Sekundenschnelle hat er das Telefonbuch, das sich ordnungsgemäß in der untersten Schublade seines Schreibtisches befindet, aufgeschlagen. Die gesuchte Nummer lautet: 75243.

Seine Finger zittern, als er die Ziffern eingibt.

Der Teilnehmer jedoch meldet sich nicht. Stattdessen bietet der eingeschaltete Anrufbeantworter des Herrn Professor seinen Dienst an mit den Sätzen: »Leider bin ich derzeit nicht zu erreichen. Bitte hinterlassen Sie Ihren Namen und Ihre Telefonnummer, ich rufe zurück.«

Soohlhoff verzichtet darauf! Nach reiflicher Überlegung kommt er zu der Erkenntnis, dass ihn das Problem im Prinzip gar nicht tangieren sollte.

Louisa Amelfeld ist außer sich vor Wut! Sie hat Dirk in dem heutigen Gespräch mit Nachdruck zu verstehen gegeben, dass sie sich am späten Abend noch einmal bei ihm melden wolle, um ihm weitere detaillierte Instruktionen zu erteilen. Jedoch seit mehr als einer Stunde ist die Leitung permanent besetzt.

Sollte er etwa einen Rückzieher machen und den Auftrag nicht ausführen wollen?

Sie fackelt nicht lange! Kurz entschlossen setzt sie sich in ihren Wagen und stellt das Navi ein: Plettenallee 11 in 49625 Eberstorf. Erst vor wenigen Wochen hat er dort im vierten Stock eine Single Wohnung bezogen. Zwei Zimmer, Küche, Bad. Er hatte ihr davon berichtet und zugleich angedeutet, dass die Wohnung auf Dauer eher ungeeignet sei für ihn. »Mit dieser primitiven Behausung komme ich langfristig nicht klar.«

Mit nichts zufrieden! Immer auf der Jagd nach etwas Neuem! Stets in Risikobereitschaft!

Genau das ist ganz offensichtlich die Lebensphilosophie des Prinzen.

Auf den Weg der Tugend würde auch Louisa Amelfeld ihn nicht mehr bringen können, das ist ihr klar. Somit nutzt sie die Chance, ihn weiterhin fest im Griff zu behalten. Es scheint sie wenig zu interessieren, dass sie einen Wahnsinnsdruck auf Dirk B. ausübt.

Die Schulleiterin geht über Leichen!

Nach knapp zwanzig Minuten hat sie ihr Ziel erreicht und steht vor dem Haus Nummer 11 in der Plettenallee.

Die gesamten Fensterfronten des vierstöckigen Plattenbaus liegen komplett im Dunkel. Ausschließlich eine Straßenlaterne auf der gegenüberliegenden Seite spendet ein wenig Licht. Leicht irritiert schaut Louisa Amelfeld zur Seite. Sie hat das Gefühl, beobachtet zu werden.

Auf leisen Sohlen nähert sich ihr eine große, hagere Gestalt. Für Bruchteile von Sekunden nimmt sie noch die Motorradkluft und den Werkzeugkoffer wahr, bevor sie den heftigen Schmerz im Rücken verspürt und ohnmächtig auf dem Gehsteig zusammenbricht.

Knapp dreißig Sekunden später geht bei der zuständigen Polizeibehörde ein Notruf ein. Joe Adams hat ihn abgesetzt. »Hilflose Person vor dem Haus Plettenallee Nummer 11. Sieht nach einem unglücklichen Sturz aus. Die Frau ist nicht ansprechbar. Bis zum Eintreffen des Notarztes halte ich mich hier vor Ort zur Verfügung.«

Als nach wenigen Minuten der Rettungswagen eintrifft, ist der Anrufer jedoch verschwunden.

Offensichtlich hat das Opfer Glück im Unglück gehabt und keine schwerwiegenden Verletzungen erlitten. Nach einer gründlichen Untersuchung und ambulanter Behandlung kann es das Klinikum bereits nach zwei Stunden wieder verlassen. Der behandelnde Arzt empfiehlt der Patientin, Anzeige gegen Unbekannt zu erstatten.

Diesen Rat jedoch wird sie ganz gewiss nicht befolgen, zumal sie die Attacke in einen Zusammenhang bringt mit ihrem Erscheinen vor der Wohnung des Mechatronikers.

Frau Amelfeld ruft ein Taxi und lässt sich zurückbringen zur Plettenallee. Sie ist – trotz ihrer Schmerzen – fest entschlossen, ihr Vorhaben in die Realität umzusetzen. Der »Prinz« wird sich dem Auftrag nicht entziehen können! Ohne Wenn und Aber hat er ihn auszuführen, das steht für sie fest!

Das Gebäude liegt noch immer im Dunkel. Selbst der Bewegungsmelder reagiert nicht, obwohl die Pädagogin direkt vor der Haustür steht. Voller Akribie versucht sie, die Namenschilder der Bewohner zu entziffern, um den richtigen Klingelknopf zu betätigen.

»Geben Sie es auf«, rät die junge Frau, die urplötzlich mit einem Schlüssel in der Hand hinter ihr steht, um das Haus zu betreten. »Stromausfall seit mehr als drei Stunden. Den Grund dafür können wir uns auch nicht erklären. Kann ich Ihnen eventuell weiterhelfen? Zu wem möchten Sie?«

»Ach – ist auch vielleicht gar nicht so wichtig – ich dachte – ich könnte – eventuell meinen Bekannten mal um Rat fragen bezüglich einer – ja, einer kleinen Reparatur. Es geht um meinen Wagen, und da wäre auch noch …«, stammelt Louisa Amelfeld und versucht, schnellstens den Rückzug anzutreten. »Es ist schon spät, und ich möchte Sie auch nicht länger aufhalten«, erklärt sie, als Dagmar Wölle sogleich auf den »KFZ PROFI« – wie sie ihn nennt – zu sprechen kommt.

Erst jetzt wird ihr bewusst, dass sie bereits erheblich zuviel preisgegeben hat.

»Offensichtlich sprechen Sie von Dirk. Da muss ich Sie enttäuschen. Der wohnt nicht mehr hier. Hals über Kopf hat er am frühen Morgen sein Reich verlassen.

Zwei junge Männer haben ihm beim Auszug geholfen.Na ja, so ganz viel musste nicht transportiert werden. Die wenigen Habseligkeiten hatten bequem Platz in dem abgetakelten roten Lieferwagen mit dem total verdreckten Nummernschild. Einen kleinen Rest des Mobiliars lud er in seinen VW T 5. Er scheint ein recht abenteuerliches Leben zu führen, dieser junge Mann.

Seinen Nachnamen haben die Mieter hier im Haus nie erfahren. Das weiße Namenschild neben dem Klingelknopf für seine Wohnung im vierten Stock blieb unbeschriftet. Er hat sich den Mitbewohnern auch nie vorgestellt. Ich war da eine Ausnahme«, sagt Dagmar Wölle voller Stolz. »Immerhin hat er mir seinen Vornamen genannt. Vielleicht aber auch nur deshalb, weil wir gemeinsam auf einer Etage wohnten«, schränkt sie ein.

Das Gesicht der Schulleiterin ist zur Maske erstarrt. Sie hat nur noch den Wunsch, hier wegzukommen. Mit den Worten: »Tut mir Leid, aber ich habe noch einen dringenden Termin«, wendet sie sich zum Gehen.

Ihr Rücken schmerzt, das Laufen fällt ihr schwer, und sie ist kaum fähig, einen klaren Gedanken zu fassen. Dennoch wird sie niemand davon abhalten können, ihr kriminelles Vorhaben noch in dieser Nacht in die Tat umzusetzen! »Notfalls ziehe ich das Ding in Eigenregie durch«, flüstert sie, als sie sich hinter das Steuer ihres betagten Autos setzt.

Louisa Amelfeld ist auf dem Nachhauseweg. Allen Warnungen zum Trotz, die der »Prinz« in den vergangenen Wochen mehrfach ausgesprochen hat, beschleunigt sie ihren Wagen auf ein Tempo von 100 km/h. Sie kann sich glücklich schätzen, dass sie sich derzeit alleine auf der L 322 befindet. In einer lang gezogenen Linkskurve bricht der Wagen aus. Nur mit größter Mühe gelingt es ihr, den fahrbaren Untersatz nicht gegen einen Betonpfeiler zu setzen.

Obwohl ihr zeitlich noch genügend Spielraum bis um 23.45 Uhr zur Verfügung steht, sitzt ihr die Zeit im Nacken.

Während des Gesprächs mit Dagmar Wölle ist ihr klar geworden, dass Dirk sich mit an Sicherheit grenzender Wahrscheinlichkeit aus dem Staub gemacht hat.

Es ist kurz nach 23.00 Uhr, als der silbergraue Kombi im Schritttempo die B 467 verlässt. Die Sicht ist miserabel. Der extrem starke Nebel ist nicht nur hinderlich, sondern er stellt inzwischen auch eine große Gefahr dar. Um Haaresbreite wäre er mit einem vollkommen dunkel gekleideten Verkehrsteilnehmer kollidiert, der seelenruhig sein Fahrrad über den Asphalt schiebt.

Hinzu kommt der plötzlich aufbrausende Sturm. Seit einigen Minuten prasseln nicht nur Zweige, sondern auch marode Äste auf die Straße.

Der Fremde muss erkennen, dass er sich ganz offensichtlich verfahren hat und in einer Sackgasse gelandet ist. Bei dem Versuch, zu wenden, streift er den linken Kotflügel eines Fahrzeugs, das er zu spät wahrnimmt. Nur schemenhaft erkennt er, dass es sich hierbei um einen dunklen Wagen handelt.

Der Unfallverursacher fasst den Entschluss, sich unbehelligt aus dem Staub zu machen. Er betrachtet diese Bagatelle als Kavaliersdelikt und entfernt sich nichts ahnend vom Unfallort in der Hoffnung, unerkannt zu bleiben. Die Tatsache, dass sich hinter dem Lenkrad des touchierten Wagens eine Leiche befindet, bleibt ihm verborgen.

Steffen Soohlhoff ist fest entschlossen, die Diskrepanz zwischen ihm und Gergstein noch am heutigen Abend aus dem Weg zu räumen. Er möchte einem möglichen Dauerkrieg vorbeugen und sich kompromissbereit zeigen.

Gemeinsam mit ihm will er nach Koesgrumm fahren, um zur rechten Zeit am rechten Ort aufzutauchen. Bereits wenige Minuten später schellt er bei seinem Nachbarn. Erstaunt darüber, dass Hannes nicht zu Hause ist, bewegt er sich auf die Garage zu, die sich auf der Rückseite des Grundstücks befindet. Das weit geöffnete Tor und das eingeschaltete Licht geben zwar den Blick frei auf Gergsteins Geländewagen, doch sein Rennrad steht nicht auf dem gewohnten Platz.

Der Pädagoge des Rinaldo Alberto Gymnasiums fackelt nicht lange und beschließt, sich alleine auf den

Weg zu machen. Es ist 23.30 Uhr, als er mit seinem weißen Nissan in die Tannenallee einbiegt, eine parallel verlaufende Verbindung zur Demenburger Straße. Mit rasendem Puls verlässt er das Fahrzeug.

Soohlhoff hat das Gefühl, allein auf weiter Flur zu sein. Die Jalousien an den Fenstern der Häuser sind geschlossen, und nur hier und da reagiert ein Bewegungsmelder.

Er vergräbt seine Hände tief in die Jackentaschen und hat die Kapuze weit ins Gesicht gezogen. Mit allen Mitteln versucht er, dem erbärmlichen Wetter in dieser unheilvollen Spätherbstnacht zu trotzen.

Den Radfahrer, der sich plötzlich neben ihm befindet, nimmt er erst in allerletzter Minute wahr. Er rauscht an ihm mit einer Wahnsinnsgeschwindigkeit vorüber. Extrem auffällig sind seine neonfarbenen Sportschuhe, die in der Dunkelheit stark reflektieren.

Dr. Soohlhoff steht inzwischen in der Demenburger Straße und beobachtet den Bungalow des Hochschulprofessors. Seit wenigen Minuten befindet er sich auf der Rückseite des Hauses, als er das soeben eintreffende Taxi wahrnimmt.

Mit einem kühnen Sprung über das Blumenbeet versucht er, aus dem Blickfeld des Wagens zu verschwinden und verschanzt sich hinter dem breit ausladenden Rhododendron. Die beiden aussteigenden Fahrgäste wirken leicht angeheitert und unterhalten sich lautstark über die gelungene Party im Tennisclub, als sie auf den Eingang ihres Eigenheims zusteuern.

Der ältere Herr mit Glatze und Smoking – Falko Andrehssen – bleibt wenige Schritte hinter seiner Ehefrau zurück und stutzt. Der Einblick in das Arbeitszimmer von Volker Broogt irritiert ihn.

»Da stimmt etwas nicht! Der Professor von nebenan sitzt bei eingeschalteter Beleuchtung in seinem Arbeitszimmer und ist augenscheinlich an seinem Schreibtisch eingeschlafen. Es passt nicht zu ihm, den Blick in seine eigenen vier Wände freizugeben. Schon gar nicht zu dieser Uhrzeit. Eine mysteriöse Angelegenheit, die wir nicht auf sich beruhen lassen können.«

Britta Andrehssen schüttelt verständnislos den Kopf, als ihr Mann zu seinem Handy greift und die 110 wählt.

Der Pädagoge, der das Gespräch Wort für Wort hat verfolgen können, verlässt schnellstens den Standort und spurtet zurück zu seinem Fahrzeug.

Er legt keinen Wert darauf, in dieser Nacht hier gesehen zu werden.

Als er den Motor anlässt, taucht in seinem Rückspiegel bereits das eingeschaltete Blaulicht eines Streifenwagens auf, der in die Demenburger Straße einbiegt.

Die beiden Beamten reagieren umgehend, als sie die männliche Person durch das Fenster wahrnehmen. Noch bevor sie sich Zugang zu dem Bungalow verschaffen, fordern sie einen Krankentransport und den Dienst habenden Notarzt an.

Den Rettungskräften bietet sich ein Bild des Grauens.

Eine junge Frau liegt – niedergemetzelt – im Korridor, unmittelbar hinter der Eingangstür. Die unzähligen Stichwunden im Hals- und Nackenbereich weisen auf ein bestialisches Verbrechen hin.

Der Hochschulprofessor hingegen wurde durch einen gezielten Schuss in den Hinterkopf niedergestreckt.

Zwei Mordopfer! Keine Einbruchspuren! Die gewaltsam Getöteten haben dem Täter entweder freiwillig die Tür geöffnet, oder er besaß einen Schlüssel zum Haus, protokolliert einer der Beamten des Morddezernats K 28.

Es ist bereits nach Mitternacht, als Mirja Kanzon von einem Kurztrip aus Heidelberg zurückkehrt. Ein uralter, dunkelblauer Sprinter versperrt die Zufahrt zu ihrer Garage.

Auf das mehrfache Klopfen gegen das Seitenfenster reagiert die Person hinter dem Lenkrad nicht. Behutsam öffnet sie die Fahrertür und gerät in Panik.

Ihr gellender Hilfeschrei durchbricht die Stille der Nacht, als sie die blutverschmierte Leiche und die Pistole in ihrer schlaff herunterhängenden rechten Hand wahrnimmt.

Etliche Anwohner der Sackgasse AM GELLSBACH schrecken auf! Hier und da schiebt jemand vorsichtig die Gardine beiseite.

Am ganzen Körper zitternd steht Mirja auf der Straße und ist einem Nervenzusammenbruch nahe.

Kurz entschlossen haben sich die drei jungen Frauen

aus der gegenüberliegenden WG dazu durchgerungen, der Sache auf den Grund zu gehen und überqueren im Eiltempo die Straße.

Auch sie weichen entsetzt zurück, als sie einen kurzen Blick in das Wageninnere riskieren.

»Die kenne ich«, sagt Ilka mit belegter Stimme und schluckt.

»Louisa Amelfeld! Meine ehemalige Lehrerin! Direktorin des Rinaldo Alberto Gymnasiums. Außerdem hat sie mal in der Nähe hier gewohnt. Demenburger Straße. Bin mir da ganz sicher.«

Nicht nur die Identität dieser Frau steht bereits nach kürzester Zeit fest, sondern auch die Todesursache. Ein klassischer Fall von Selbstmord mithilfe einer »Beretta«, ergibt die Autopsie in der Rechtsmedizin. Mit selbigem Kaliber wurde auch Volker Broogt umgebracht.

Die SOKO – unter der Leitung des Kommissars Bredfeld – wird damit beauftragt, den Fall in Zusammenarbeit mit dem Morddezernat K 28 zu übernehmen.

Alle Fakten sprechen dafür, dass eine direkte Verbindung zu den Tötungsdelikten in der Demenburger Straße 13 besteht. Rätselhaft allerdings bleibt die Tatsache, dass die Schülerin Lina Kampf, die sich ebenfalls in dem Bungalow des Hochschulprofessors aufhielt, nicht durch Schüsse, sondern durch unzählige Messerstiche hingerichtet wurde. Bredfeld ist sich sicher, dass es sich bei der Tatwaffe um ein Stilett handelt. Die akribische Suche nach diesem Objekt bleibt allerdings erfolglos.

In der gesamten Nachbarschaft, die am nächsten Tag befragt wird, hat niemand etwas Auffälliges bemerkt.

Der Fall »BROOGT« geht in den darauf folgenden Tagen mehrfach durch die Medien. Man sucht nach Zeugen.

Es ist der Pressebericht in der regionalen Tageszeitung, der den Gymnasiallehrer Steffen Soohlhoff dazu veranlasst, das Polizeipräsidium aufzusuchen, um eine Aussage zu machen, die längst fällig gewesen wäre.

Er kann seine Fassungslosigkeit kaum verbergen und ringt immer wieder nach Luft, als er den Beamten von dem Telefonat berichtet, das Louisa Amelfeld am Freitag mit einer ihm unbekannten Person führte.

»Nein, ein Vor- oder Nachname fiel nicht«, antwortet der Pädagoge wahrheitsgetreu, als die Beamten ihn danach fragen. »Meine Vorgesetzte betitelte den Gesprächsteilnehmer ausschließlich als »Prinz«, ergänzt er.

»Sie kommen spät. Zu spät! Wahrscheinlich hätten Sie mehrere Menschenleben retten können«, sagt Bredfeld und schaut ihn vorwurfsvoll an.

Der Zeuge reagiert mit einem heftigen Kopfschütteln und versucht zu erklären, dass seine extreme Angst vor der Schulleiterin ihn davon abhielt.

»Die Selbstmörderin muss ja eine wahrlich gefürchtete Zeitgenossin gewesen sein. Möglicherweise ist sie auch polizeilich schon einmal in Erscheinung getreten. Wir sollten der Sache auf den Grund gehen und Recherchen zu dieser zweifelhaften Person anstellen«, bemerkt der Kollege vom K 28 mit einem markanten Lächeln.

»Habe ich bereits erledigt. Mit durchschlagendem Erfolg!«, kommentiert Bredfeld und berichtet von ihrer Zeugenaussage vor dem Amtsgericht in Eberstorf, die 15 Monate zurückliegt.

»Es handelte sich um einen Einbruch in ein Juweliergeschäft, bei dem der Inhaber durch einen Messerstich im Nackenbereich schwer verletzt wurde. Mit an Sicherheit grenzender Wahrscheinlichkeit war Dirk B. der Täter. Louisa Amelfeld, die ihn definitiv aus nächster Nähe gesehen hat, als er aus dem Geschäft flüchtete, behauptete bei einer Gegenüberstellung vor Gericht, diesem Mann nie zuvor in ihrem Leben begegnet zu sein. Somit hatte die Justiz keine Handhabe gegen den Mechatroniker, der dann nach wenigen Tagen zwangsläufig wieder auf freien Fuß gesetzt werden musste.

Wenn wir alle Mosaiksteine zusammenfügen, könnte sich die Tragödie an der Demenburger Straße folgendermaßen abgespielt haben: Der so genannte »Prinz« wurde von der Schulleiterin damit beauftragt, ihren Ex-Ehemann Volker Broogt und dessen Geliebte Lina Kampf umzubringen. Sie erscheint zur passenden Zeit am Schauplatz des Verbrechens, um sich zu vergewissern, dass Dirk tatsächlich vor Ort ist. Sie muss feststellen, dass er sich ihrem Befehl eigenmächtig widersetzt hat.

Blind vor Wut entschließt sie sich, selbst Hand anzulegen. Es ist ein Leichtes für sie, in den Bungalow einzudringen, zumal sie noch immer im Besitz des Haustürschlüssels ist. Heimtückisch erschießt sie mit ihrer »Beretta« zunächst den Hochschulprofessor, der arglos an seinem Schreibtisch sitzt, läuft zu ihrem Fahrzeug zurück und begeht Selbstmord.

Doch ich zweifle daran, dass die rachsüchtige Ex-Ehefrau des Herrn Broogt auch für den Mord an seiner Geliebten verantwortlich ist, die nicht erschossen, sondern erstochen wurde. Ich gehe nicht davon aus, dass die Täterin ein zweites Mordinstrument – in diesem Fall das bislang unauffindbare Stilett – mit sich führte. Bei Straftaten, die von einer Person begangen werden, sind höchst selten unterschiedliche Waffen im Spiel.«

War die Pädagogin Amelfeld tatsächlich alleine, als sie das Haus betrat?

Sowohl die Sonderkommission, als auch die Beamten vom Morddezernat K 28 sind fest davon überzeugt, dass die Schulleiterin des Rinaldo Alberto Gymnasiums den Doppelmord nicht als Einzelkämpferin beging.

Der Verdacht, dass sie gemeinsam mit einem Komplizen agierte, ist nicht nur denkbar, sondern ganz offensichtlich Fakt.

Voller Akribie versucht sowohl das Morddezernat als auch die Sonderkommission, den »Prinzen« ausfindig zu machen. Vor wenigen Tagen hat er seine Wohnung in Eberstorf verlassen und ist untergetaucht. Mit seinem rätselhaften Verschwinden beschäftigt sich inzwischen auch die INTERPOL.

Die mühselige und zermürbende Kleinarbeit endet stets wieder in einer Sackgasse. Selbst mehrere Fahndungsfotos, die in der Presse erscheinen, bringen keinen Erfolg. Ausschließlich ein Zeuge meldet sich, der das Auto – einen silbergrauen VW T 5 – im Hafen von Rotterdam gesehen haben will. Als man der Sache nachgeht, verläuft auch diese Spur wieder im Sand. Weit und breit ist an der angegebenen Stelle nicht ein einziges Fahrzeug zu sehen.

In Absprache mit den Kollegen vom K 28 trifft Bredfeld die Entscheidung, dem Horror vorerst einmal ein Ende zu setzen und die Akte auf »auf Eis zu legen«, wie er es nennt.

In einer Sonderkonferenz gibt er deutlich zu verstehen, dass sein Entschluss feststeht.

»Es ist totaler Nonsens, dass wir uns sozusagen im Kreis bewegen. Zeit- und Energieverschwendung sind hier inzwischen fehl am Platz. Möglicherweise kommt uns irgendwann der »Kommissar Zufall« zur Hilfe.«

Die Rechnung des Beamten Bredfeld geht auf!

Bereits nach kurzer Zeit stellt sich heraus, dass Dirk B. – alias der »Prinz« – weder als Haupt- noch als Mittäter im Fall »Broogt« infrage kommt.

Er wurde bereits sieben Stunden vor dem Mord an dem Hochschulprofessor und seiner Geliebten Lina Kampf wegen Drogenschmuggels an der Schweizer Grenze festgenommen und verhaftet.

Unter dem Beifahrersitz seines Wagens befanden sich 11 dilettantisch eingeschweißte Päckchen mit Marihuana im Wert von 6000 Euro.

Dennoch wirft das Verbrechen in Koesgrumm noch immer einige offene Fragen auf: Ist Louisa Amelfeld tatsächlich auch für das Tötungsdelikt an Lina Kampf verantwortlich? Gibt es eine weitere Person, die sich an dem Massaker beteiligte?

Die Tatsache, dass auch Hannes Gergstein inzwischen nicht mehr unter den Lebenden weilt, bleibt vorerst mehrere Wochen lang verborgen.

Am frühen Morgen des 11. November jedoch meldet sich der Pächter eines Jagdreviers bei der Polizeibehörde. Peter Klementt berichtet von einer männlichen Person, die sich ganz offensichtlich in einer einsam gelegenen Waldhütte im acht Kilometer weit entfernten Druggdorf erhängt hat.

Der Fall »Broogt« kann ad acta gelegt werden! Der Abschiedsbrief, den Kommissar Bredfeld in der Biker-Jacke des Toten aufspürt, kommt einem Geständnis gleich.

Die aufschlussreichen Zeilen lassen deutlich erkennen, dass Gergstein mit der gesamten Situation psychisch restlos überfordert war.

Sein letzter Satz lautet:

»ICH BEKENNE MICH SCHULDIG, LINA KAMPF UMGEBRACHT ZU HABEN. SIE WAR DER SCHANDFLECK UNSERER GESAMTEN FAMILIE!«

Das Leben schmeckt bitter

Am Abend des vierundzwanzigsten November stand sein Entschluss fest. »Die Alte muss weg«, murmelte er, als er die zweite Flasche »PORTUGIESER WEIß-HERBST« öffnete, den Korken gegen die Schrankwand schleuderte und zum wiederholten Mal gierig in die Schale mit den Erdnüssen griff. Der Kampf gegen den Frust hatte begonnen! Seit neunzehn Uhr herrschte Narrenfreiheit im Haus an der Kappenstraße Nummer 32. Isabelle Goraffka hatte ein Date mit ihren Mitstreiterinnen, die alle nur ein Ziel verfolgten. Das Motto lautete: »Rank und schlank bis ans Lebensende!«

Blitzbirnen! Allesamt! George, ihr Ehemann, genoss diesen Abend in vollen Zügen. Die Abwesenheit seiner Frau – leider nur 2x monatlich – verschaffte ihm die Freiheit, wieder einmal über die Stränge zu schlagen. Er war schließlich kein Gesundheitsapostel und hatte auch nicht den Vorsatz, sich dahingehend missionieren zu lassen. Schon gar nicht von Isabelle, die überall und ständig mit unendlichem Stolz preisgab, sie habe damals – nach dem Realschulabschluss – die Ausbildung zur Ernährungsberaterin genossen.

Allein das Wort »genossen« empfand er als absurd. Unter »genießen« stellte er sich etwas anderes vor. Beispielsweise Schweinshaxe, Bauchspeck, dicke Rippe, Nackenkotelett, Pommes mit Mayo, ein kühles Bier und den grandiosen Geschmack des Portugieser

Weißherbst mit einer Temperatur von 9-13 Grad. Lecker, süffig und preisgünstig. Davon hatte George sich schon vor geraumer Zeit einen stattlichen Vorrat angelegt. Der wohlbehütete Schatz befand sich im dunklen Kellergewölbe des Hauses. Hier hatte er die Gewissheit, dass seine Angetraute ihm bezüglich der alkoholischen Reserven niemals auf die Spur kommen würde.

Isabelle hasste das unterste Stockwerk. Zugegeben: Es glich einem Verließ. Feucht, modrig, Schimmel an den Wänden, und außerdem behauptete sie, dort bereits mehrfach Mäuse – selbst eine Ratte – gesehen zu haben.

Isabelles Entschluss, dieses »Horror Terrain« niemals wieder zu betreten, kam ihm nur zugute und passte ausgezeichnet in sein Konzept. Ihre Argumentation war absolut einleuchtend, und George hatte sie in den vergangenen Monaten stets darin bestärkt, diesen Trakt endgültig zu meiden. Für sie gab es doch auch absolut keinen Grund, die Räume aufzusuchen. Außer Staub, Spinnenweben und Kellerasseln, die er selbst in Heerscharen vorgefunden hatte, gab es dort nichts Interessantes zu besichtigen – geschweige denn zu holen. Keine Kartoffeln, kein Obst, das dort einlagerte, keine gefüllten Einweckgläser. Als ehemalige Diätassistentin ernährte sie sich bewusst, und die Gesundheit stand im Vordergrund. Frisches Obst, frisches Gemüse, frische Eier.

George konnte das Wort »frisch« schon nicht mehr hören. Es hing ihm zum Hals heraus. Das Allerschlimmste jedoch war Isabelles täglicher Speiseplan, an den auch er sich zu orientieren hatte. Sie duldete keine Widerrede!

»Der Großteil der Menschheit ist übergewichtig! Ganz einfach zu dick. Eine Folge von falscher Ernährung. Das ist nicht gesund und fügt dem Körper entsetzliche Schäden zu. Alle Kalorienbomben müssten vom Lebensmittelmarkt verschwinden! Auch du – sie deutete wieder einmal auf ihren adipösen Ehemann – bist stark gefährdet. Bei deiner Körpergröße (er hatte nur mickrige 1,70 Meter aufzuweisen), ist das Gewicht von 90 Kilo schlicht und einfach der Wahnsinn. Du musst ganz dringend etwas ändern! Sowohl dein Essals auch dein Trinkverhalten.« Mindestens dreimal wöchentlich musste George diese wahnwitzige Predigt über sich ergehen lassen. Sie blieb hartnäckig. Dauernd dieselbe Sülze, dachte er und glitt bei dem Wort »Sülze« genussvoll mit der Zunge über seine Lippen.

Doch es sollte alles noch viel schlimmer kommen! Isabelles neueste und interessanteste Theorie war die, dass es ausreiche, nur an jedem zweiten Tag zu essen. Auch heute hatte sie wieder einmal gebieterisch und mit erhobenem Zeigefinger vor ihm gestanden, um ihre Litanei vorzutragen. Er war dieser Schmalhans-Küchenmeisterin überdrüssig. George hatte seine Partnerin endgültig satt!

Möglicherweise mochte es am übermäßigen Genuss

des »Portugieser Weißherbst« gelegen haben, dass er das Geräusch an der Haustür nicht wahrgenommen hatte, als seine Gattin um 21.00 Uhr von ihrem schwachsinnigen Treffen zurückkehrte.

Blau wie eine Haubitze hing er schlaff in seinem abgewetzten Plüschsessel und stierte Isabelle mit glasigen Augen an, als sie plötzlich – vor Entsetzen wie gelähmt – vor ihm stand. Ihr Gesicht fiel auseinander wie die Kruste eines Hochzeitskuchens. Sie hatte keinen großen Mund, aber in diesem Augenblick hätte er ohne weiteres seine Faust hineinstecken können.

Ein wahrer Schock für Isabelle Goraffka, der Gottlob nur wenige Sekunden andauerte. Hocherhobenen Hauptes verließ sie das Wohnzimmer, knallte die Tür laut hinter sich zu, betrat die Küche und beschloss, bezüglich der bisherigen Essgewohnheiten ab sofort strategisch vorzugehen.

Am darauf folgenden Tag machte sie endgültig »Nägel mit Köpfen«. Spartanisch deckte sie um 7.30 Uhr den Frühstückstisch. Auf einer schlichten weißen Leinendecke stand eine kleine Vase mit frisch gepflückten Gänseblümchen, zwei leere Dessertteller mit Goldrand, zwei Gläser und die Flasche eines hochwertigen Mineralwassers mit dem Hinweis: BESONDERS REICH AN CALCIUM.

»Du musst nicht denken, dass ich heute einen kranken Kopf und keinen Appetit habe«, kommentierte George, als er unrasiert und mit seinem Jahrzehnte alten dunkelblauen Bademantel bekleidet das Desaster auf dem Tisch erblickte. Isabelle blieb ihm die Antwort schuldig.

Gelegentlich hatte sie eine bemerkenswerte Art zu schweigen. »Ist schon in Ordnung«, begann Goraffka die Konversation auf die verständnisvolle Tour. »Du bist ja im Recht. Ich kann dir nur beipflichten. Von meinen Fressorgien werde ich mich ab dem heutigen Tag endgültig verabschieden. Und übrigens: Das war gestern Abend die letzte Flasche Wein, die ich noch hier im Haus hatte. Ab sofort schließe ich mich dir an und werde das Teufelszeug nicht mehr anrühren.«

»Es waren zwei Flaschen Wein«, konterte seine Ehefrau mit einem bitteren Unterton. Anscheinend gibt es nichts, was ihr nicht entgeht, schoss es George durch den Kopf. Fest stand: Nur auf die »Soft Tour« würde er bei ihr weiterkommen. Die Trommel zu schlagen war derzeit gewiss nicht angebracht.

Scheinheilig bemühte er sich, den reuigen Sünder zu spielen, und noch am selbigen Tag verzichtete Goraffka auf jegliche Form der festen Nahrungsaufnahme. Er trank ausschließlich das kerngesunde Mineralwasser, das seine Ehefrau ihm bereits zum Frühstück kredenzt hatte. Selbst der Verführung, den heimlich versteckten »Portugieser« aus dem Keller zu holen, trotzte er, obwohl Isabelle bereits – wahrscheinlich vor lauter Kohldampf – um 20.00 Uhr schlafen gegangen war.

»Um einen langfristigen Erfolg zu erzielen, muss man seine Essgewohnheiten grundlegend ändern«, dozierte George am darauf folgenden Tag, als er mit seiner Frau wieder einträchtig das stark reduzierte Morgenmahl einnahm. Heute jedoch lag – wider Erwarten – tatsächlich eine Scheibe Vollkorn – belegt mit einer Gurkenscheibe – auf dem Frühstücksbrett mit floralem Design.

Das war`s. Seine geheimen Gedanken jedoch kreisten um frische Weizenbrötchen, Kirschmarmelade, Schwartemagen und Leberwurst mit Röstzwiebeln, während er gierig nach der Brotschnitte griff. Besser, als nur einen leeren Goldrandteller vor sich stehen zu haben, dachte George. »Ist nicht nur gut für deine Figur, sondern auch für deine Zähne«, bemerkte sie, als er kraftvoll zubiss.

Bemerkenswert, dachte Isabelle, denn seine kümmerlichen braun gefärbten Zähne erweckten eher den Eindruck, dass sie dieser Aufgabe nicht mehr gewachsen waren. Zahnarztbesuche waren ihm stets verhasst gewesen, und außerdem lag es Goraffka fern, seine finanziellen Mittel für einen kostenintensiven Zahnersatz hinzublättern.

»Rausgeschmissene Moneten«, pflegte er zu sagen, wenn seine bessere Hälfte ihn auf diesen Makel hinwies. Jäh wurde sie aus ihren Gedanken gerissen, als George ihr urplötzlich – wie aus heiterem Himmel – seinen Entschluss unterbreitete: »Ab sofort übernehme ich die Küchenregie! Das heißt: Ich werde mich zukünftig um die Mahlzeiten kümmern. Damit ist insbesondere das Abendessen gemeint. Ganz herzlich möchte ich dich darum bitten, mir dein Vertrauen zu schenken. Fett reduziert und schmackhaft werde ich alles zubereiten, das kann ich dir versichern.«

George und Isabelle hatten sich zwar darauf geeinigt, nur noch an jedem zweiten Tag abends ein warmes Mahl einzunehmen, doch George bestand am zwölften Dezember vehement darauf, seiner Frau ein außergewöhnlich schmackhaftes Mahl zubereiten zu dürfen.

»Das ist doch unfair, mein Liebster«, entgegnete sie, als er ihr seinen Vorschlag unterbreitete. »Ich kann es nicht ertragen, dass du leidest. Heute ist doch eigentlich wieder unser Fasten angesagt. Soll ich etwa alleine essen?«

»Bitte widersprich mir nicht, denn wir wissen nicht, was morgen ist«, antwortete George sanft und liebevoll. »Um mich musst du dir keine Sorgen machen. Ich habe sowieso zuviel Speck auf den Rippen. Außerdem ist es mir ein großes Anliegen, dich einmal mit kulinarischen Köstlichkeiten zu verwöhnen«, ergänzte er.

Die Betonung lag auf dem Wort: »Einmal«. Achselzuckend und mit einem glückseligen Lächeln verließ Isabelle die Küche. Knapp dreißig Minuten später trug George seine liebevoll angerichteten Kreationen ins Esszimmer. Hummercocktail als Vorspeise, danach den gedünsteten Lachs, die Petersilienkartoffeln und als Beilage den grandiosen Salatteller mit einer exquisiten Soße, die er eigens dafür zu einem unangemessen hohen Preis im Feinkostgeschäft erworben hatte. Eine weiße pyramidenförmige Kerze im dezenten Silberleuchter rundete das Gesamtbild der festlich gedeckten Tafel ab. Nur Isabelle antwortete nicht auf sein Rufen, als er ihr signalisieren wollte, dass das Essen angerichtet sei.

Sollte es ihr etwa in den Kopf gekommen sein, sich für das außergewöhnliche Mahl noch umzuziehen? Lohnt nicht, lohnt absolut nicht, dachte George Goraffka und suchte akribisch nach seiner Ehefrau. Voller Unruhe schritt er durch das Haus und inspizierte jedes einzelne Zimmer. Keine Spur von ihr. Die Veranda! Erst jetzt stellte er fest, dass die Tür vom Wohnzimmer, die in den Wintergarten führte, nur angelehnt war. Ein leichter Luftzug, und die weiße Gardine mit der aufgedruckten Lotosblüte tanzte sanft wie ein Schmetterling im Wind.

Ein unangenehmes Gefühl beschlich ihn. Eiskalte Schauer liefen ihm über den Rücken. Sollte seine »Isa« – wie er sie seit wenigen Tagen liebevoll nannte – von dem Highlight des Dinners vorweg bereits genascht haben? Gerade das Dessert hatte er bis aufs i-Tüpfelchen durchdacht und entsprechend zubereitet.

Aufgrund dessen hatte er es bewusst außer Reichweite deponiert, um sie nach dem Hauptmenü damit zu überraschen. Der krönende Abschluss sozusagen. Ein grandioser Fruchtcocktail! Sie liebte frisches Obst und favorisierte Kirschen. Es hatte George einen immensen Aufwand gekostet, die Sorte »ATROPA belladonna«, die nicht zu den handelsüblichen Kirschsorten gehört, aufzuspüren. Fünfzehn dieser ansehnlichen schwarzen Früchte hatte er dem Nachtisch beigemengt.

Mit einem flauen Gefühl in der Magengegend schob er behutsam die Gardine beiseite und betrat die Veranda. »Isabelle?«, flüsterte er in einem sanften Ton und warf irritiert einen Blick in den nur spärlich beleuchteten Raum. Vom CD Player, der im Esszimmer stand, ertönte dezent und schaurig schön der Song »TIME TO SAY GOODBYE«, den er explizit für den heutigen Abend auswählte. George konnte sich ein hämisches Grinsen nicht verkneifen.

Nach kurzer Überlegung schaltete er den Halogen Spot ein. Sein Augenmerk fiel auf die leere zerbrochene Glasschale, die vor dem Rattansessel lag. Vorbei, dachte er. Ein beklemmendes Gefühl. Irgendwie hatte George sich das Szenario anders vorgestellt. Ganz offensichtlich hatte seine Isabelle den Löffel, den er auf dem Beistelltisch entdeckte, tatsächlich bereits abgegeben!

Das opulente Abendmahl – inzwischen nicht einmal mehr lauwarm – stand weiterhin auf dem festlich gedeckten Esszimmertisch. Der Nachtisch allerdings wurde augenscheinlich bereits von seiner Ehefrau verspeist. Glück ist ein seltener Blitzschlag, dachte

George. Nur von der Toten fehlte jede Spur. Argwöhnisch schritt er jeden Quadratmeter im Erdgeschoss des Hauses ab und schielte kurze Zeit später nach der halboffenen Tür, die zum Bad führte. Mit gemischten Gefühlen betrat er den nur spärlich beleuchteten Raum.

»Vorbei«, hauchte er, als er ihr ins Gesicht schaute. Die stark bläuliche Farbe war ausdrucksstark genug, um ihm zu signalisieren, dass Isabelle im Koma an der zunehmenden zentralen Atemlähmung, die eingesetzt hatte, verschieden war und er sie ins Jenseits befördert hatte.

Tödliche Vergiftung durch Tollkirschen, wie sich in der Rechtsmedizin herausstellte. Zunächst nur verdächtigt, dann jedoch, aufgrund seiner Widersprüche und der erdrückenden Beweislage, vom Landgericht Münster rechtskräftig verurteilt. Die Anklage lautete: Heimtückischer Mord! Der Ehemann George Goraffka hatte das Ableben seiner Frau exakt geplant und ihren Tod billigend in Kauf genommen.

Nicht im Traum hatte George damit gerechnet, als Täter entlarvt zu werden. Immerhin hatte er den Polizeibeamten folgende plausible Erklärung aufgetischt:

»Da ich mich bereits am Vormittag dazu entschloss, eine größere Radtour zu machen, befand sich meine Frau bis zum späten Abend ganz allein im Haus. Wahrscheinlich nutzte sie die Gelegenheit meiner

Abwesenheit und lud jemanden zum Essen ein. Dass diese Person ihr jedoch nach dem Leben trachtete, hatte sie gewiss nicht einkalkuliert. Sie war ganz einfach zu vertrauensselig, meine geliebte Isabelle.«

Wer sich in Gefahr begibt, kommt darin um

»Wer sich in Gefahr begibt, kommt darin um«, pflegte Ricardo auch an diesem Freitagabend zu sagen, als seine Ehefrau wieder einmal in der Diele vor dem Spiegel stand, um ihre blonde Lockenmähne zu bändigen.

»Du denkst, dass meine Kegelschwestern, mit denen ich mich wöchentlich einmal treffe, eine Gefahr für mich darstellen?«, erwiderte Katrin kurz und warf ihm einen zynischen Blick zu.

»Sind biedere Landpomeranzen, das kann ich dir versichern. Hätte dir längst die Gelegenheit gegeben, sie kennen zu lernen, wenn du ein wenig gastfreundlicher wärest und mir nicht pausenlos das Verbot erteilt hättest, sie einmal zu uns einzuladen. Selbst im zehn Kilometer weit entfernten Tönnbeck pfeifen es die Spatzen bereits von den Dächern, dass du nicht nur ein Eigenbrödler, sondern auch ein total unangenehmer Zeitgenosse bist«, fügte sie sarkastisch hinzu.

Noch im selben Augenblick hätte sie sich die Zunge abbeißen mögen, denn mit dieser unbedachten Äußerung hatte sie ein Eigentor geschossen und sich gnadenlos aufs Glatteis begeben. Stirn runzelnd und voller Argwohn betrachtete Ricardo Rothmann seine Ehefrau. Also doch! Sie pflegte ganz offensichtlich nicht nur einen engeren Kontakt zu ihren Kegelschwestern, die laut ihrer Aussage alle hier im Ort wohnten, sondern unterhielt zusätzlich auch Verbindungen zu einer oder mehreren Personen im Nachbarort, die sie bislang niemals erwähnte.

»Du solltest einmal drüber nachdenken«, bemerkte sie forsch und versuchte damit, ihre Unsicherheit zu überspielen. »Übrigens: Warte nicht auf mich. Es kann spät werden. Dagmar wird heute vierzig und hat – nach dem Kegeln – zu einem Umtrunk eingeladen«, war ihr Kommentar, als sie nach ihrer Handtasche und dem Autoschlüssel griff.

Verdammt! Es war spät geworden. Fahrzeit nach Tönnbeck circa 15 Minuten. Wie gut, dass sie bereits am Vormittag getankt hatte. Treffpunkt war – wie üblich – der RUBERTO PLATZ.

Dort wurde sie von ihrem Lover abgeholt, und sie fuhren dann zu ihm. Zu Piet van Enden! Firmeninhaber des gleichnamigen Stahlhochbau Konzerns. Ein Mittfünfziger mit silbergrauen Schläfen. Sein Domizil: Jugendstilvilla im Ortskern von Tönnbeck.

Mit Katrin traf er sich seit exakt 12 Monaten an jedem Freitagabend um 20.30 Uhr. Van Enden wusste, dass solche Liebschaften mit verheirateten Frauen gefährlich sind. Deshalb trug er stets eine Schreckschusspistole bei sich. Im Schritttempo rollte sein Porsche durch das schmiedeeiserne Tor auf das Hauptportal der Villa zu.

»Irgendetwas hat sich dort im Schatten des Hauses bewegt. Ich glaube, da ist jemand«, flüsterte er seiner Begleiterin zu und stoppte den Wagen. »Steig aus, geh zurück, nimm dir ein Taxi bis zum RUBERTO

PLATZ, setz dich in dein Auto und warte auf meinen Anruf«, gab er ihr unmissverständlich zu verstehen. Seine Stimme zitterte und klang belegt. So nervös und aufgewühlt hatte sie ihn noch nie erlebt.

Katrin Rothmann – 39 Jahre alt – verdammt gut aussehend, ultraelegant und dem Spiel mit dem Feuer nicht abgeneigt, hastete zum Taxistand am knapp drei Minuten entfernt gelegenen Kreishaus und ließ sich zurück zu ihrem PKW bringen.

Piet van Enden bewegt sich unterdessen vorsichtig auf seine Villa zu, umklammert die Waffe in seiner Tasche und ruft mit heiserer Stimme: »Ist da jemand?« Noch im selben Augenblick kracht auf seinem Schädel ein stumpfer Gegenstand nieder. Er sinkt zu Boden, rappelt sich wieder auf und reißt seine Pistole hoch. Passanten hören Schreie und das Krachen von Schüssen. Das Opfer kämpft mit einer schwarz gekleideten Gestalt um sein Leben. Ein erneuter Schlag! Dann ein Messerstich! Weitere Messerstiche treffen seine Brust. Piet bricht zusammen und stürzt vornüber auf den Kiesweg. Die dunkle Gestalt sticht weiter auf ihn ein. Dann rennt sie davon. Wie besessen!

Kurz darauf klingelt zunächst das Telefon in der Villa, unmittelbar danach das Handy, das noch auf dem Beifahrersitz des Porsche liegt. Die schöne Katrin ruft an, und sie bekommt keine Antwort. Der Ruf geht ins Leere. Piet van Enden ist tot.

Durch die Schüsse und Schreie aufgeschreckt, haben Nachbarn inzwischen die Polizei alarmiert. Die Beamten finden das Opfer, das übel zugerichtet in einer Blutlache liegt. Neben ihm entdecken sie seine hochwertige Armbanduhr, seine Schreckschusspistole und eine so genannte Steinzeitkeule.

Die Mordkommission trifft ein. An ihrer Spitze der allseits gefürchtete Generalstaatsanwalt Dr. Walther Eversheim. Das Tatortprotokoll wird aufgenommen, und noch am selben Abend nimmt der Kripochef Johannes Oechterwing mit seinen Mitarbeitern die Jagd nach dem Mörder auf.

Piet van Enden, das Opfer, war den Beamten kein Unbekannter. Dreimal geschieden – er galt als Frauenheld. Aktuell lief ein Verfahren gegen ihn wegen Unzucht mit einer Minderjährigen. Außerdem hatte er bezüglich seiner Affären mit verheirateten Frauen etliche Ehemänner zu Feinden. Zwangsläufig geriet urplötzlich auch Ricardo Rothmann ins Visier der Polizei, denn nach den vergeblichen Anrufen bei ihrem Lover war Katrin auf dem Präsidium in Tönnbeck erschienen. Sie schilderte kurz den Verlauf des mysteriösen Abends und bekannte sich zu ihrem Verhältnis mit Piet van Enden, das sie vor einem Jahr einging. »Mein Mann weiß nichts davon, dessen bin ich mir sicher«, gab sie zu Protokoll, als sie danach befragt wurde. »Er ist – Ihrer Meinung nach – nicht derjenige, der ihm aufgelauert und ihn bedroht haben könnte?«

Katrin Rothmann zuckte mit den Achseln. »Habe keine Ahnung. Möchte es dennoch beinahe ausschließen«, lautete ihre Antwort.

Die Kripobeamten Hellwich und Opphues waren schnell! Noch bevor Katrin zu Hause – im 10 Kilometer weit entfernten Erfstein eintraf – standen sie bereits vor dem gepflegten Einfamilienhaus an der Ordistraße 20, das Ricardo Rothmann mit seiner Ehefrau bewohnte. Rothmann fühlt sich vollkommen überrumpelt, als man ihm erklärte, ihn zur Vernehmung mit aufs Präsidium nehmen zu müssen. Dort unterwirft man ihn einem scharfen Kreuzverhör.

»Wo waren Sie in den vergangenen 3 Stunden?«

Seine Antwort kommt wie aus der Pistole geschossen: »Zunächst habe ich vor dem PC gesessen und mir im Anschluss daran einen Spielfilm angeschaut. Im Übrigen holte ich mir einen GRAUEN BURGUNDER aus dem Weinkeller.«

»Gibt es Zeugen dafür?«, will Hellwich wissen. »Selbstverständlich nicht! An jedem Freitagabend hocke ich alleine zu Hause, da meine Frau sich – laut ihrer Aussage – mit den so genannten Kegelschwestern trifft. Inzwischen jedoch hege ich Zweifel daran. Ihre unbedachte Äußerung am heutigen Abend – unmittelbar bevor sie aus dem Haus ging – ließ mich stutzig werden.

Plötzlich erwähnte sie den Nachbarort TÖNNBECK. Ich bin mir sicher, sie verschweigt mir etwas, und ich vermute, sie hat dort einen …«

»Liebhaber« vervollständigt Opphues den Satz. »Deshalb sind Sie Ihrer Ehefrau heimlich mit dem Wagen gefolgt.«

Die Augen des verdächtigen Ricardo Rothmann beginnen zu funkeln. Auf seiner Stirn schwillt eine kleine Ader an. »Nein«, kontert er und schlägt mit der Faust auf den Schreibtisch. »Das ist hochgradiger Schwachsinn!«

Die nächste Frage des Vernehmungsbeamten kommt wie ein Pfeil aus dem Hinterhalt. »Ließen Sie sich vielleicht kurzerhand mit einem Taxi zum Tatort fahren, um Ihren Nebenbuhler umzubringen?«

Rothmann starrt sein Gegenüber ungläubig an. »Der Kerl – ist tot?«

»Ja! Er wurde vor seiner Villa ermordet. Das wissen Sie nicht?«

»Verdammt! Woher denn? Ich habe diesen Menschen noch nie gesehen, kenne weder seinen Namen, geschweige denn die Adresse.«

Die Aussage des Architekten klingt im Prinzip glaubwürdig, dennoch will die Kripo die Täterschaft des Verdächtigen nicht ausschließen. Wenn er Piet van Enden nicht selbst aus dem Weg geräumt hat – vielleicht hat er einen Mörder gedungen? Jedoch auch dafür findet man keinen Anhaltspunkt. Man kann dem Tatverdächtigen derzeit nichts nachweisen, und um 23.30 Uhr verlässt er das Präsidium wieder als freier Bürger.

Die Obduktion des Opfers im Institut für Gerichtsmedizin ergibt: Der Mann wurde von sieben Stichen mit einem doppelschneidigen Messer getroffen. Sie wurden von unten nach oben geführt. Einer der Stiche war tödlich – er zerriss die Halsschlagader.

Sein rechter Arm ist gebrochen, abgedreht durch einen starken Armgriff. Dadurch wurde van Enden gezwungen, sich nach vorn zu beugen. In dieser Stellung wurde er erstochen. Die tiefen Löcher im Schädel stammen von einer mit Nägeln besetzten Steinzeitkeule, die neben seiner Leiche gefunden wurde.

Die zahlreichen Hieb- und Stichwunden deuten nach Meinung der Gerichtsmediziner eher auf mehrere Täter hin. Es sei kaum denkbar, dass ein Mörder mit unterschiedlichen Waffen zuschlägt.

Zudem hatten Zeugen teilweise widersprüchliche Aussagen gemacht. Einige sprachen davon, dass nach den Schüssen nicht eine, sondern zwei Personen vom Grundstück des Herrn van Enden flüchteten.

Bedingt durch diese Aussage werden die Ermittlungen auf eine neue Spur gelenkt, auf zwei oder drei mögliche Tätergruppen: Piet van Enden hatte in den vergangenen Wochen vier Mitarbeitern unterstellt, Stahlplatten aus der Firma entwendet zu haben. Nachdem er ihnen fristlos kündigte, gab es heftige Auseinandersetzungen, und man drohte dem Chef mit Rache. Die Täter könnten jedoch auch aus Kreisen des Drogenmilieus stammen, in denen van Enden, so wird jedenfalls gemunkelt, seine Hand im Spiel hatte.

Nach gründlicher Überprüfung scheiden allerdings die unter Verdacht geratenen Mitarbeiter des Konzerns als Mörder aus. Und auch die Ermittlungen in den Kreisen des illegalen Drogenhandels bleiben ohne Ergebnis. In diesen Kreisen schweigt man, wenn zu viel gefragt wird.

Eine Woche nach dem Mord in Tönnbeck tappt die Polizei noch immer im Dunkeln, als der Untersuchungsrichter Bassmann ein Telefonat entgegen nimmt, das ihn aufhorchen lässt.

»Ich möchte mich zu dem Mord an Piet van Enden äußern. Mein Name tut nichts zur Sache, und ich bestehe darauf, dass diese Aussage absolut vertraulich behandelt wird. Kann ich mich darauf verlassen?«

Der Anrufer – eine männliche Person, die mit einem leicht osteuropäischen Akzent spricht – vergewissert sich ein zweites Mal bezüglich der Anonymität. »Ich kann mich auf Sie verlassen?« »Ehrensache! Sie haben mein Wort, ich verbürge mich dafür«, gibt Bassmann seinem Gesprächspartner glaubhaft zu verstehen.

»Überprüfen Sie doch einmal das Ehepaar Lena und Pascal Albrich«, sagt der Unbekannte. »Die werfen mit dem Geld nur so um sich, obwohl sie – das weiß ich definitiv – hoch verschuldet sind. Albrichs Geschäfte laufen nur schleppend. Der hat mit seinem Antiquitätenhandel, besser gesagt: Trödelramsch – noch nie wirklich Geld gemacht. Den Schrott, den dieser Versager anbietet, kauft einfach kein Mensch. Seine Frau Lena ist van Endens einziges Kind und somit die Alleinerbin des Mordopfers. Etwas Besseres konnte denen doch gar nicht passieren, oder?«

Mit den Worten: »Viel Erfolg« beendet der Unbekannte das Gespräch.

Nur widerstrebend gehen die Beamten diesem Hinweis nach. Tochter und Schwiegersohn als mögliche Mörder?

Das erscheint unvorstellbar. Welches Motiv sollten die beiden gehabt haben? Die riesengroße Erbschaft?

Lena Albrich, die von der Polizei zu einem Vernehmungsgespräch aufs Präsidium geladen wird, sitzt aufrecht und erhaben vor dem Beamten. Ihr leicht amüsiertes Lächeln signalisiert, dass sie das tragische Geschehen entweder eiskalt lässt, oder noch immer nicht realisiert hat.

Mit dem Satz: »Ich verstehe nicht, weshalb Sie mich vorgeladen haben«, geht sie in die Offensive und schaut dem Kommissar unverwandt in die Augen. »Was habe ich mit dem Mord an meinem Vater zu tun?«, ergänzt sie. »Denken Sie etwa, dass ich ihn umgebracht habe? Wo sollte das Motiv liegen? Von der Erbschaft ahnte ich absolut nichts. Seit meiner Heirat mit Pascal hat er mir immer wieder damit gedroht, mich zu enterben. Ich rechnete mit keinem Cent«, gibt sie zu Protokoll.

Klingt glaubwürdig, denn das Verhältnis zu ihrem Vater war tatsächlich miserabel. Nachforschungen ergeben, dass van Enden seinen Schwiegersohn nicht ausstehen konnte. Selbst zu der Hochzeit der beiden war er nicht erschienen.

Wenn Lena Albrich also annahm, dass sie ihren Vater nicht beerben würde – welches Interesse hätte sie dann an seinem Tod haben können?

Dennoch geht die Kripo weiter dieser Spur nach. Man will nichts versäumen.

Am darauf folgenden Tag fahren zwei Beamte zu der kleinen Landhausvilla der Familie Albrich. Auffallend sind drei hochwertige Protzkarossen, die vor dem Gebäude parken. In einem kleinen, recht unscheinbaren Nebengebäude befindet sich ganz offensichtlich der Verkaufsraum für die Antiquitäten, mit denen Pascal Albrich den Lebensunterhalt für sich und seine Familie verdient.

Die beiden Beamten gehen zunächst auf das Wohnhaus zu und betätigen den so genannten Türklopfer. »Aus Stahl gefertigt«, bemerkt Gesswald mit einem leicht spöttischen Unterton.

»Glaube nicht, dass dieses Utensil in einem Zusammenhang mit dem Stahlhochbaukonzern van Enden in Verbindung steht«, antwortet der Kollege Braurich. »Die Immobilie hier stammt aus dem Nachlass des Bankiers Franz Albrich, dem Vater von Pascal Albrich. Der alte Herr verstarb vor etwa 3 Jahren eines natürlichen Todes, soweit ich richtig informiert bin. Wohlgemerkt: »Eines natürlichen Todes«, betont Braurich. »Das soll tatsächlich auch noch vorkommen«, kommentiert er und grinst.

»Ich denke, wir sollten dem Warten ein Ende setzen«, schlägt Gesswald vor, als er zur Uhr schaut und niemand die Tür öffnet.

Im gleichen Augenblick werden Stimmen laut. »Selbstverständlich kann ich das Objekt in der gewünschten Größe besorgen. Fristgerecht, das versichere ich Ihnen. Sie können sich darauf verlassen, obwohl das selbst für mich ein kleines Problem darstellt. Doch wie heißt es so schön? No risk – no fun«, gibt er zum Besten und lächelt vielsagend.

»Wir machen das schon«, ergänzt Lena Albrich.

Im Nebengebäude verabschieden sich soeben der Antiquitätenhändler und seine Ehefrau von einem jungen Mann, der ganz offensichtlich mit einem außergewöhnlichen Wunsch an sie herangetreten ist. Nach dieser positiven Aussage der Albrichs schwingt sich der unverschämt gut aussehende Don Juan Typ in seinen Sportwagen und rauscht in Richtung Autobahn Amsterdam davon.

»Wir müssen Sie leider kurz stören«, ergreift Gesswald das Wort und kramt umständlich den Ausweis aus seiner Jackentasche. »Kriminalpolizei. Das ist mein Kollege Braurich«, ergänzt er.

Vollkommen verdutzt steht das Ehepaar vor ihnen, und es scheint ihnen beinahe die Sprache verschlagen zu haben.

»Sie, Sie sind schon länger hier?«, stammelt Lena Albrich mit hochrotem Kopf. »Im Prinzip noch nicht lange genug, und deshalb möchten wir uns gern ein wenig umschauen und mit Ihnen unterhalten«, antwortet Gesswald.

Pascal, der Inhaber des Antiquitätengeschäftes ist bemüht, sich souverän zu verhalten. »Selbstverständlich!«, antwortet er. Sein gekünsteltes Lächeln täuscht nicht darüber hinweg, dass er arg nervös wird.

»Ich schlage vor, wir gehen ins Wohnhaus und trinken erst einmal einen Kaffee«, ergreift Lena Albrich überraschend das Wort. Ihr offensichtliches Ablenkungsmanöver stößt bei den Kripobeamten jedoch auf taube Ohren.

»Nein, danke! Mein Kollege Braurich und ich sehen es als dringende Notwendigkeit an, uns hier in Ihrem Geschäft umzusehen und mit Ihnen zu unterhalten. Ich denke, dieser Satz ist aussagekräftig genug«, ergänzt Gesswald mit ernster Miene.

Die Alarmglocken läuten! Sowohl bei Pascal Albrich als auch bei seiner Ehefrau. Sie haben offensichtlich hoch gepokert. Zu hoch!

Das Ladenlokal gleicht einer aus Kitsch und Trödel bestehenden Gemischtwarenhandlung. Von einem seriösen und repräsentativen Geschäft für Antiquitäten hat man eher eine andere Vorstellung.

Mit einem versteinerten Gesichtsausdruck bittet der Inhaber die beiden Beamten in sein Ladenlokal und postiert sich sogleich vor einer rechteckigen, schwarzen, mit Intarsien versehenen Holztruhe. Zu allem Übel jedoch fehlt der so genannte Klappdeckel an diesem sonderbaren Möbelstück aus den dreißiger Jahren. In Windeseile bemüht sich Albrich, den Inhalt vor den wachsamen Blicken der Polizisten zu verbergen, indem er auf die Schnelle den Versuch unternimmt, eine unmittelbar daneben liegende blickdichte Plane als Sichtschutz einzusetzen. Der Trick misslingt!

»Gewiss ein uraltes Unikat! Unbezahlbar, oder?«, bemerkt Gesswald und bittet seinen Kollegen Braurich, sich dieses Prachtstück doch auch einmal aus der Nähe anzusehen. »Dürfen wir kurz ein Augenmerk auf das Innenleben des außergewöhnlichen Möbelstücks werfen?«

Mit dieser Situation ist Pascal Albrich jetzt vollkommen und endgültig überfordert!

»Allein die Gegenstände, die sich darin befinden, müssen einen enormen Wert darstellen. Unter anderem nostalgische Kriegswaffen«, bemerkt er und wirft Frank Braurich einen vielsagenden Blick zu. Der Kollege nickt. Er hat es augenscheinlich ebenfalls registriert, dass sich unter anderem ein mit Nägeln bespickter Totschläger in diesem dunklen Verließ befindet.

Das Mordinstrument passt ausgezeichnet in das Konzept der bisherigen Ermittlungen!

»Dieses Objekt interessiert mich. Brennend! Es ist sicherlich ein Unikat und finanziell kaum erschwinglich. Oder besitzen Sie noch weitere Exemplare davon?«, will Gesswald wissen.

Bei dieser Frage gerät der Antiquitätenhändler in enorme Bedrängnis. Hilflos versucht er, Blickkontakt zu seiner Frau aufzunehmen, die sich jedoch inzwischen an der Vitrine mit den Miniatur Porzellanfiguren zu schaffen macht und ihn somit visuell nicht wahrnimmt.

Stockend berichtet er von zwei mysteriösen Unbekannten, die er des Diebstahls bezichtigt. »Ihr geheucheltes Interesse galt einer Ikone aus der Jahrhundertwende. »Zu teuer«, war der Kommentar des Wortführers, der sie nur oberflächlich betrachtete, während sein Begleiter inzwischen bereits schon wieder mein Ladenlokal verlassen hatte. Abrupt und ohne Gruß steuerte auch der große, Dunkelhaarige dem Ausgang zu. Unmittelbar danach stellte ich fest, dass nicht nur die zweite Steinzeitkeule fehlte, sondern auch ein doppelschneidiges Messer, das ich erst wenige Tage zuvor in meinen Bestand aufgenommen hatte.«

Ein dummer, unverzeihlicher Fehler des in Verdacht geratenen Pascal Albrich. Das Messer hätte er in seiner Situation besser nicht erwähnen sollen! Mit dieser Aussage begab er sich auf hauchdünnes Eis und redete sich unbewusst um Kopf und Kragen.

»Ich gehe davon aus, Sie haben Anzeige erstattet. Anzeige gegen Unbekannt«, bemerkt der Beamte.

»Nein, nein! Das glaubt mir doch sowieso kein Mensch, denn Zeugen dafür gibt es nicht. Ich war allein auf weiter Flur. Meine Frau fuhr – wie immer am Mittwochnachmittag – mit unseren beiden Kindern zum Reiterhof, um die Pferde zu bewegen. Somit befand sich selbst im Wohnhaus Niemand, der den Vorgang hätte beobachten können«, berichtet Albrich.

Auf seiner Stirn haben sich Schweißperlen gebildet, als sei er justamente einem Saunabad entstiegen.

Im Prinzip reicht den Kripobeamten diese Aussage. Die Öffnungszeiten seines dubiosen Ramsch-Ladens, die deutlich an der Eingangstür zu lesen sind, weisen ausdrücklich darauf hin, dass er an jedem Mittwoch nur am Vormittag geöffnet hat und das Geschäft um 13.00 Uhr schließt.

Widersprüche, die weder zu überhören noch zu übersehen sind. Eine total unglaubwürdige Story, die der Antiquitätenhändler hier aufzutischen versucht. Er ist ganz offensichtlich bemüht, jeden Verdacht von sich zu weisen.

Während der gesamten Unterhaltung hält der unter Mordverdacht stehende Albrich einen silbernen Kugelschreiber in der Hand. Die Gravur der Initialen P.A. lässt darauf schließen, dass es sich hierbei um sein persönliches Eigentum handelt.

Kurz und knapp fordert Gesswald ihn auf, ihm den Stift auszuhändigen und bittet seinen Kollegen Braurich darum, die entsprechende Folie aus dem Dienstwagen zu holen.

»Beweismaterial? Untersuchung auf Fingerabdrücke?«, schaltet sich urplötzlich die Ehefrau ein, die sich noch immer an der Vitrine zu schaffen macht.

»Ja, das ist richtig. Sie haben die prekäre Situation Ihres Mannes ganz offensichtlich erkannt«, gibt der Kripobeamte lakonisch zur Antwort.

Noch am selben Tag geht man den Spuren nach. Die Untersuchungen im Labor ergeben: Es sind Albrichs Fingerabdrücke, die sich an der Keule – dem am Tatort vorgefundenen Mordwerkzeug – befinden.

Albrich wird vorläufig festgenommen und kommt in Untersuchungshaft.

Der Antiquitätenhändler streitet alles ab. Zehn Tage lang wehrt er sich verzweifelt und versucht mit Nachdruck, jede Schuld von sich zu weisen. Ständig verhaspelt er sich jedoch in Widersprüche. Dann ist er am Ende seiner Kraft. Ganz plötzlich bricht er im Kreuzverhör zusammen. Stammelnd bekennt er: »Ja, jaja. Ich – ich habe meinen – meinen Schwiegervater Piet van Enden umgebracht.«

»Warum?«

»Es ging um Lena. Ich hatte nicht mehr genügend Geld, um ihr aufwändiges Leben zu finanzieren. Ohne Kapital war ich für sie ein Nichts. Sie drohte damit, sich von mir zu trennen. Das hätte ich niemals verkraftet…«

Hier handelte es sich ganz offenbar um eine so genannte Hörigkeitstragödie. Die von unersättlicher

Habgier getriebene Lena Albrich hatte nicht davor zurückgeschreckt, den Ehemann dazu anzustiften, ihren eigenen Vater zu ermorden.

Aus Pascal Albrichs Schilderung geht hervor, dass sie das gesamte Erbe seines Vaters, der vor drei Jahren an einer unheilbaren Krankheit verstarb, komplett verprasst hatten. »Ein enormes Vermögen. Mein Vater war Bankier«, ergänzt er und berichtet davon, dass es immer wieder heftige Auseineinadersetzungen gab, wenn es darum ging, das Geld sinnvoll einzusetzen.

»Lena ist besessen! Insbesondere von ihrem Kaufrausch. Allein im letzten Jahr gaben wir satte achthunderttausend Euro aus für Autos, Schmuck und Garderobe. Hinzu kamen Fernreisen, der Kauf unserer sündhaft teuren Reitpferde und rauschende Partys mit Freunden. Als die Erbschaft meines Vaters zur Neige ging, versuchte ich mein Glück in Monte Carlo. Beim Roulette! Die letzten Hunderter riskierte ich – und verlor! Damit war ich finanziell am Ende. Das Drama war vorprogrammiert. Meine Frau drohte mir damit, mich für immer zu verlassen, da ich nicht mehr in der Lage war, ihr weiterhin das gewohnte Luxusleben zu finanzieren. Ein Dasein ohne Lena? Diese Vorstellung war für mich entsetzlich!

Tag und Nacht grübelte ich. Finstere Gedanken, die ich mir selbst nicht zugetraut hätte, schossen durch meinen Kopf. Reichtum war nur noch von Piet van Enden zu holen, überlegte ich schließlich. Der einzige Ausweg bestand darin, meinen Schwiegervater sterben zu lassen.

Gezielt sprach ich Lena darauf an. Ihr höhnischer Blick war nicht zu übersehen, doch sie ersparte sich jeglichen Kommentar.

Erst am darauf folgenden Abend – wir saßen am Kamin, hatten eine Flasche Rotwein geöffnet und schauten uns auf dem neuen Flachbildschirm eine Quizsendung an – zeigte sich meine Ehefrau plötzlich gesprächsbereit. Das war etwas ganz Außergewöhnliches. So hatte ich Lena schon lange nicht mehr erlebt. »Wir müssen seinem Sterben nachhelfen. Aber möglichst schnell«, ergriff sie das Wort und schaute mich eindringlich an.

Die Aussicht, wieder aus dem Vollen schöpfen zu können, war ihr wesentlich wichtiger, als das Leben ihres Vaters. Sie unterbreitete mir den Vorschlag, einen Mörder anzuheuern. Mit diesem Gedanken jedoch konnte und wollte ich mich nicht anfreunden. Ein Auftragskiller war zugleich ein gefährlicher Mitwisser. Somit entschloss ich mich, die Angelegenheit persönlich zu übernehmen.

Lena, die sich in den Mordplan hineingesteigert hatte, wie in ein vermeintliches »Abenteuer«, sagte voller Sarkasmus: »Ach, das sind ja nur Phantasien. Das machst du sowieso nicht. Du bist viel zu labil, viel zu schwach, um ein solches Vorhaben tatsächlich auszuführen.«

Diese Äußerung beflügelte mich erst recht, den Plan komplett durchzuziehen. Ich wollte ihr beweisen, dass mehr in mir steckt, als sie je geahnt hatte.

Über einen Hehler, der mir namentlich nicht bekannt ist, bezog ich sowohl das zweischneidige Fallschirmjägermesser, als auch den Totschläger. Telefonisch gab ich ihm zu verstehen, im Auftrag eines Kunden zu handeln, der seit Monaten massiv bedroht werde und berechtigterweise um sein Leben bangte.

Die prompte Lieferung erfolgte gleich am nächsten Tag.

Der Kurier, der mir die Ware in meinem Geschäft aushändigte, forderte zwanzig Riesen dafür. Ausgemacht waren nur fünfzehn. Wutschnaubend knallte ich ihm die zwanzig Scheine auf den Tresen. Als ich dann in Windeseile das Paket öffnete, stellte ich jedoch sogleich fest, dass es nicht nur zwei Mordwaffen enthielt, sondern drei. Den Totschläger hatte er in doppelter Ausfertigung geschickt. War möglicherweise ein Missverständnis. Bin der Sache auch nicht weiter nachgegangen.

Die Turbulenzen in meinem Kopf drehten sich ausschließlich um das schnelle Ableben meines Schwiegervaters. Ich muss bekennen, dass ich dann immer wieder versuchte, die Tat hinauszuzögern. Meine Frau platzte inzwischen beinahe vor Wut. »Du bist eben ganz einfach ein Schwächling. Kein wirklich richtiger Mann«, sagte sie verächtlich. Diese Worte stachelten mich an und waren ausschlaggebend, um meine letzten Skrupel zu überwinden. Die Zeit drängte.

Am 28. Februar, einem Freitag, war es dann soweit. Piet van Enden sollte sterben.

Um 20.00 Uhr trat ich auf die Straße. Meine Frau hatte mit ihrem glutneuen schwarzen SLK bereits um 19.30 Uhr unser Grundstück verlassen und wartete vier Straßen weiter auf mich.

Das Haus blieb hell erleuchtet, mein Jaguar parkte unmittelbar vor der Garage. Damit wollte ich den Nachbarn signalisieren, dass ich mich in unserer Wohnung befinde.

Zu Fuß ging ich zur Wiedekingstraße – dem Treffpunkt – den ich mit Lena vereinbart hatte. Ich fühlte mich erbärmlich in meinem schwarzen, inzwischen verdammt eng gewordenen Biker-Outfit, das ich seit ewigen Jahren nicht mehr getragen hatte. Meine Zehen schmerzten. Die alten Motorradstiefel, die ich trug, stammten ursprünglich von einem Kollegen. » Unikat! Von einem Orthopäden handgefertigt«, wie er damals beteuerte, als ich meine »DUCATY DEVIL« noch fuhr und sie ihm blindlings abkaufte. Hinzu kam die dunkle Brille, die für mich ein arges Handicap darstellte.

Meine Frau setzte mich ca. fünfhundert Meter vor der Villa ihres Vaters ab und verschwand. Mit eiskalter Miene! Die schmutzigen Geschäfte überlässt sie immer gerne mir. Rücksichtslos! Priorität haben ausschließlich ihre eigenen Belange.

Der Zeitpunkt meines Eintreffens schien denkbar ungünstig. Das weit geöffnete Garagentor und der fehlende Sportwagen waren ein Indiz dafür, dass van Enden seine Luxusbehausung verlassen hatte. Aus Erfahrung jedoch wusste ich, dass Piet nach Möglichkeit stets darum bemüht war, noch vor Mitternacht in sein vertrautes Heim zurückzukehren.

Ich versteckte mich hinter der beinahe zwei Meter hohen Efeuhecke, die ich bequem von der Rückseite des Hauses hatte erreichen können. Bereits nach weniger als dreißig Minuten nahm ich das Motorengeräusch auf dem Grundstück wahr, konnte es definitiv seinem Porsche zuordnen, rannte zum Hauptportal und erkannte die Gestalt meines Schwiegervaters.

»Wer ist da?«, schrie er, zückte ohne Vorwarnung seine Alarmpistole und schoss. Beinahe zeitgleich schlug ich ihm die Keule auf den Kopf. Dieser widerwärtige Kerl! Er ging zu Boden und keuchte: »Pascal Albrich, du elender Bastard.«

Piet hatte mich offensichtlich erkannt, ich geriet in Panik, riss mein Messer aus der Seitentasche und stach zu. Erbarmungslos! Bis er sich nicht mehr wehrte. Ich war wie von Sinnen. Das gesamte Szenario spielte sich in nur wenigen Minuten ab. Die Tatsache, dass er mich erkannt hatte, war für mich eine erbärmliche Niederlage. Wieder einmal stand ich auch jetzt als elender Versager da.

In den Häusern ringsum gingen die Lichter an. Menschen erschienen an den Fenstern. In Panik und wie von Furien gehetzt rannte ich durch die Dunkelheit davon. Dass ich die Keule am Tatort zurückgelassen hatte, wurde mir erst bewusst, als ich völlig außer

Atem und schweißgebadet wieder unser Wohnhaus erreichte.

Im Schein der grellen Außenbeleuchtung fiel mein Blick auf die Hände, die extrem starke Verletzungen aufwiesen und blutverschmiert waren. Selbst an den Unterarmen hatte ich – trotz meiner Lederkluft – erhebliche Blessuren davongetragen. Furchentiefe Kratzspuren! Die Todesangst meines Opfers Piet van Enden hatte auch ihn zur Bestie werden lassen. Ein Kampf ums Überleben!

In der Eingangshalle unseres Landhauses lehnte ich mich zunächst total erschöpft gegen den voluminösen, aus Eichenholz gefertigten Garderobenschrank. Ich fühlte mich wie ein Greis. Uralt und total ausgelaugt!

Mein Blick fiel auf die gegenüberliegende Glastür, die zu unserer kleinen Bibliothek führt. Lena saß entspannt in einem unserer schwarzen Büffelledersessel, genoss ihr geliebtes Glas Rotwein und lauschte den Klängen Chopins.

Als meine Frau mich wahrnahm, legte sie den Zeigefinger der rechten Hand an die Lippen, um mir zu signalisieren, dass eine Störung derzeit unerwünscht war. Sorglos und entspannt hatte sie sich in den vergangenen Stunden im wahrsten Sinne des Wortes »zurückgelehnt«, während ich auf bestialische Weise mit ihrem Vater kämpfte. Die Drecksarbeit verrichtete ich. Wie immer!

Mein fataler physischer als auch psychischer Zustand interessierte sie nicht.

Ich schleppte mich ins Bad, um mich meiner Kleidung zu entledigen und meine mit Blut besudelte Haut zu reinigen. Etwa zehn Minuten später stand sie dann plötzlich hinter mir. Ein verächtliches Grinsen machte sich breit auf ihrem Gesicht. »Na, mein kleiner Held? Wenn ich mir dich so anschaue, weiß ich eigentlich schon Bescheid. Du bist also wieder einmal als Looser zurückgekehrt«, spottete sie.

Für Bruchteile von Sekunden stellte ich mir die Frage:

Weshalb trennst du dich nicht von diesem extrem egoistischen und eiskalt berechnenden Weib?

Inzwischen habe ich erkannt, dass mir immer wieder der Mut dazu fehlte.

Am nächsten Morgen um 6.45 Uhr betätigte Jemand mit außergewöhnlichem Nachdruck den Türklopfer am Haupteingang unseres Wohnhauses. Meine Frau und ich saßen uns schweigend am Frühstückstisch gegenüber, während die Kinder bereits von Freunden abgeholt wurden, um das Wochenende mit Schulkameraden auf einem Bauernhof zu verbringen.

Lena sprang auf, eilte zur Haustür und öffnete. Zwei Polizisten, die ich nur akustisch wahrnehmen konnte, berichteten von einem entsetzlichen Drama, das sich am späten Abend des vergangenen Tages auf dem Grundstück ihres Vaters zugetragen hatte.

»Ihr Vater ist tot. Wir möchten Ihnen unser aufrichtiges Beileid aussprechen«, ergriff einer der Beamten das Wort und bat – trotz der widrigen Umstände – um ein kurzes Gespräch. »Wenn möglich, möchten wir auch mit Ihrem Ehemann sprechen. Er ist doch gewiss zugegen, oder?«

Lena bemühte sich ganz offensichtlich um eine so genannte Hinhaltetaktik, räusperte sich mehrfach und antwortete zögernd: »Das ist ein wenig schwierig. Pascal ist mit unseren Kindern unterwegs. Sie nehmen an einem Wochenendlager teil, und er begleitet sie.«

In Sekundenschnelle begriff ich: Hiermit hatte meine Frau mir die Chance eingeräumt, auf die Schnelle zu verschwinden. Trotz der extrem brenzligen Situation gelang es mir, lautlos mein Kaffeegeschirr vom Esstisch zu nehmen, um es in der Vorratskammer verschwinden zu lassen. Von dort hastete ich in Windeseile und mit rasendem Puls ins Untergeschoss. In den Keller! Meine Nerven lagen restlos blank, ich war am Ende!

Das Gespräch mit den Beamten schien eine Ewigkeit zu dauern, denn als Lena laut und beinahe hysterisch nach mir rief, um zu signalisieren, dass die Luft »rein« war, stellte ich fest, dass ich exakt 45 Minuten in dem dunklen Verließ zugebracht hatte. Zwischen ausgedientem Mobiliar und alten, feucht modrig riechenden Kleidungsstücken meines Vaters, von denen ich mich nie hatte trennen können.

»Na? Wie war ich in meiner Rolle als Komödiantin«, fragte sie mich, als ich endlich wieder den Wohnbereich betreten konnte. »Spitzenklasse, oder? Bin total stolz auf mich. Möchte allerdings auch dir ein kleines

Lob zukommen lassen. Du hast es gestern Abend tatsächlich doch geschafft, meinen alten Herrn zu erledigen. Hätte ich dir absolut nicht zugetraut! Die Bezeichnung »Looser« nehme ich großzügigerweise heute einmal zurück. Doch du musst keine Entschuldigung von mir erwarten, denn für gewöhnlich trifft dieses Wort exakt auf dich zu.«

Mein Magen rebellierte, mir war speiübel. Wie konnte eine Person so abgebrüht sein. Ich empfand meine Ehefrau als widerwärtiges Monster in Menschengestalt! Die folgenden Wochen waren entsetzlich und bedeuteten die Hölle für mich. Ich hatte extreme Schwierigkeiten, mit dieser Schuld, die ich auf mich geladen hatte, weiterzuleben. Meine Frau jedoch kannte keine Skrupel. Sie hatte nichts Besseres zu tun, als das Erbe ihres ermordeten Vaters wieder einmal mit vollen Händen auszugeben. Sie tauschte nicht nur ihren Mercedes – der erst wenige Monate alt war – gegen einen beinahe doppelt so teuren Geländewagen, sondern flog kurz mal eben nach London, um sich dort ein Paar neue Reitstiefel anfertigen zu lassen. Damit aber noch nicht genug. Von den drei Trakehnern, die sie auf einem nahe gelegenen Gestüt »günstig ergatterte«, wie sie es geschickt umschrieb, erfuhr ich erst einige Wochen später. Stillschweigend nahm ich ihre Aktionen zur Kenntnis, resignierte und wartete auf den Tag »X«.

Der Rest ist Ihnen bekannt. Die Beamten Gesswald und Braurich suchten mich in meinem Geschäft auf, entdeckten ein Duplikat der Steinzeitkeule, die ich am Tatort zurückgelassen hatte und nahmen meine Fingerabdrücke. In diesem Moment wurde mir klar: Das war mein Ende!«

Mit Tränen erstickter Stimme und gesenktem Kopf legte Pascal Albrich vor dem Untersuchungsrichter ein Geständnis ab mit den Sätzen: »Ja, ich bekenne mich dazu, den Mord an meinem Schwiegervater begangen zu haben. Jedoch nicht, um mich persönlich zu bereichern. Ich habe es für meine Frau getan. Sie sollte uneingeschränkt ihr Luxusleben weiterführen, das ich ihr finanziell nicht bieten konnte. Doch mir ist klar, dass das keine Entschuldigung ist für diese Wahnsinnstat.«

Die Anklage vor dem Landgericht Assenberg lautete: Vorsätzlicher Mord aus niederen Beweggründen.

Man verurteilte Pascal Albrich zu einem lebenslangen Freiheitsentzug.

In einem gesonderten Prozess wurde auch das Strafmaß für seine Ehefrau Lena Albrich festgesetzt, die vergeblich mehrfach versucht hatte, jegliche Mitschuld von sich zu weisen. Ihre widersprüchlichen Aussagen beruhten definitiv auf absurden Lügen und Fantasiegeschichten, die teilweise nicht nur banal, sondern grotesk wirkten.

Wegen Anstiftung und Beihilfe zum Mord aus Habgier drohte auch ihr eine empfindliche Haftstrafe. Das Strafmaß lag weit über den Erwartungen der Rädelsführerin. Das Urteil: 18 Jahre hinter Gefängnismauern.

Kreidebleich im Gesicht ließ Lena Albrich sich von zwei Polizeibeamten abführen. Ihr zynisches Lächeln jedoch war nicht zu übersehen, als sie sich demonstrativ noch einmal zu ihrem Anwalt umdrehte, um ihm zuzuraunen: »Versager! Versager auf der ganzen Linie!«

Verhängnisvolles Rendezvous

Noch immer starrte er auf sein Handy, obwohl sie längst aufgelegt hatte.

Klang verdammt viel versprechend!

»Einsame, gut situierte Industriellen-Witwe, 57, 1,74, blond, schlank, sportlich, sucht adäquates Pendant für die zweite Lebenshälfte. Hobbys: Reiten, Golf, Tennis, Theater, Fernreisen – als auch gemeinsame Abende am Kamin.«

Kontaktaufnahme unter der Telefonnummer 02551/123 …

Er schnalzte mit der Zunge und fuhr mit den Fingern durch sein dichtes Haar. Sollte er tatsächlich noch eine Chance haben?

Seine Cousine hatte ihn angerufen. Astrid aus Borghorst. Unter der Rubrik »HEIRATEN / BEKANNT-SCHAFTEN« entdeckte sie dieses Inserat in der Steinfurter Tageszeitung. Astrid! Eine treue Seele! Seit seinem Umzug nach Reiden – Kanton Luzern – hatte sie ihn – zumindest gedanklich immer begleitet. Er konnte sich das Grinsen nicht verkneifen. Sie hatte ihn niemals richtig durchschaut. Von seinem Doppelleben ahnte niemand etwas: Spielschulden, Hehlerei, Betrug, illegaler Waffenbesitz.

Fakt war: Er suchte eine Person, die er um einige Tausend Euro erleichtern konnte. Dazu war ihm jedes Mittel recht. Die Idee, sich auf die Anzeige einer heiratswilligen Dame zu melden, war ihm bereits vor mehr als einem Jahr gekommen. Im Kanton Luzern und Umgebung allerdings war sein Vorhaben mehrfach gescheitert. Hatten die Frauen ihn gleich durchschaut? War er zu dilettantisch vorgegangen?

Er wusste keine Antwort auf seine Frage und hatte sich Hilfe suchend an Astrid gewandt. »Ich bin des Alleinseins müde und suche eine Partnerin«, gaukelte er seiner Cousine vor und bat sie, ihm behilflich zu sein. Möglicherweise war es ihr jetzt gelungen, das Juwel zu finden. Er konnte es nur hoffen – in seinem eigenen Interesse!

18.30 Uhr! »Die passende Zeit, um ein Telefonat zu führen«, murmelte er vor sich hin und gab – sichtlich nervös – die Zahlen ein. Vorwahl für Deutschland plus Steinfurt plus Anschluss der Teilnehmerin. Summa sumarum: 0049-2551-123…

Es dauerte nur wenige Sekunden, und der Anrufbeantworter trat in Funktion. »Bitte hinterlassen Sie Ihren Namen und Ihre Telefonnummer, ich rufe sobald wie möglich zurück«, säuselte eine jugendlich wirkende weibliche Stimme am anderen Ende der Leitung.

Louis reagierte ungehalten. Hektisch trommelte er mit dem Mittelfinger seiner rechten Hand gegen den Schreibtisch aus Mahagoni. Die Zeit drängte! Immerhin blieben ihm nur noch acht Tage Zeit, um seinem Schuldner die 20 000 Schweizer Franken zurückzuzahlen. Man hatte ihm schon in der vergangenen Woche mit der Höchststrafe gedroht. Das hieß im Fachjargon: Sein Killer hatte bereits Position bezogen.

162

Er setzte darauf, dass die schöne Unbekannte ihm ins Netz ging und sich auf ein Treffen in Steinfurt einließ. Den Flug von Zürich zum FMO musste er buchen – einen Mietwagen ordern.

Panik machte sich breit! Zwei Stunden waren verstrichen, und die wohlhabende Witwe hatte sich noch immer nicht gemeldet.

Fast verzweifelt, und wie hypnotisiert saß er in seinem Ledersessel.

Es war kurz nach Mitternacht, als er schweißgebadet aufwachte. Der Schlaf hatte ihn übermannt. Entsetzt musste er feststellen, dass er noch immer hinter dem Schreibtisch hockte. Hatte er ihren Anruf verpasst?

Hastig griff er nach seinem Handy. Im Display: NEUE SMS! Verdammt! Weshalb meldete sie sich nicht persönlich?

Der angebliche Interessent stierte auf den Text, den er um 22.56 Uhr von der Dame erhalten hatte:

»HALLO MISTER UNBEKANNT! ERWARTE SIE MORGEN UM 13.00 UHR IM LANDSCHAFTS-PARK STEINFURTER BAGNO VOR DER KON-ZERTGALERIE. GRUß VON GRETA B.«

»Zum Teufel! Die spinnt«, fluchte er laut vor sich hin. Wie sollte er das bewerkstelligen? Wutentbrannt sprang er auf, schaltete seinen Computer ein und suchte voller Akribie nach einem LAST-MINUTE-FLUG.

Geschafft! 8.35 Uhr ab Zürich. Um den Mietwagen würde er sich gleich nach seiner Ankunft noch kümmern können.

Jetzt nur keine Hektik aufkommen lassen! Besonnen vorgehen! Die linke Hand – geballt zu einer Faust – verriet seinen Zorn. Was dachte diese impertinente Person sich dabei, ihn so rücksichtslos unter Zeitdruck zu setzen? Mit extremer Wucht riss er die Schranktür auf und zerrte an der Reisetasche, die im obersten Fach verstaut war.

Nur die notwendigsten Kleidungsstücke, schoss es ihm durch den Kopf, und er griff nach der schwarzen Hose, dem schwarzen Hemd mit passender Krawatte und dem grauen Blazer. Wasch- und Rasierzeug würde er morgen früh noch einpacken können. Ein längerer Aufenthalt in Steinfurt war per se nicht geplant! Eine – maximal zwei Übernachtungen in der Kreisstadt – dann musste er sein Ziel erreicht haben. Er würde schnell zur Sache kommen wollen. Sie sollte den Zaster rausrücken, sonst gar nichts!

Elegant gestylt – mit Diplomatenkoffer und seiner Reisetasche aus Krokoleder – betrat er das Flughafengebäude in Zürich. Alles lief planmäßig. Flug ohne Verspätung, der Himmel war nur leicht bewölkt. Er hoffte darauf, dass auch die Angelegenheit mit dem Mietwagen problemlos vonstatten gehen würde.

Noch 30 Minuten blieben ihm bis zum Abflug. Zeit genug, um beim Autoverleih anzurufen. Die Auskunft klang phantastisch! Man konnte ihm einen Wagen der Nobelklasse zur Verfügung stellen! Ein hämisches Grinsen machte sich breit auf seinem Gesicht. Mit dem Auto würde er Eindruck schinden. Die Sache war geritzt! Besser konnte es gar nicht laufen. Die Flugzeit betrug knapp 80 Minuten, er hatte vorher noch einen Kaffee trinken können, und jetzt stand er am Airport FMO. Die Übergabe der schwarzen Limousine verlief reibungslos. Die üblichen Formalitäten, und er stieg ein. Der Schweizer fühlte sich ausgezeichnet am Steuer des 306 PS starken Statussymbols.

Langsam bewegte sich der Wagen auf die Hüttruper Straße zu, dann erreichte er die B475. Vorbei am Hotel Stegemann und dem Wildfreigehege in Westladbergen. Bewusst hatte er die Strecke über Saerbeck gewählt, denn diesen Ort verband er mit äußerst prickelnden Erinnerungen. Hier lernte er Rolf kennen, den Boss der so genannten »PANZER-ELITE«. Der hatte den Grundstein gelegt für seine dubiosen Geschäfte und die kriminelle Energie.

Allerdings wurde Rolf bereits vor mehr als zwei Jahrzehnten erwischt, und er beging daraufhin Selbstmord.

Nur nicht sentimental werden, dachte Louis und trat ein wenig stärker das Gaspedal durch. Über Sinningen, weiter in Richtung Emsdetten, geradeaus, dann das Hinweisschild: STEINFURT. Kreisverkehr! Zweite Ausfahrt: Elbersstraße. Jetzt immerhin noch 15 Kilometer! Doch der Ganove lag gut in der Zeit. Vorbei an ALDI und dem FRESSNAPF und … schon wieder ein Kreisverkehr!

Aber jetzt! Gerade Strecke! Doch Gas geben war gerade hier wohl eher »Fehl am Platz«. Tempolimit 70/50/70/50. Verflixt! Nahm diese Mammuttour denn gar kein Ende? Doch für eine lohnenswerte Beute nahm er gern auch diese Strapaze in Kauf.

Äußerst angespannt saß Louis jetzt hinter dem Lenkrad. Sein linker Mundwinkel bewegte sich – wie immer – bei extrem psychischer Belastung – unkontrolliert nach unten. Die Sache mit seinem Opfer musste unbedingt funktionieren. Ansonsten wäre er geliefert. Die Geier würden sich nicht mehr hinhalten lassen. Sie verhielten sich wie Raubtiere, die ihre Beute jagen, das hatte er schon einmal hautnah miterlebt. Auf eine Wiederholung konnte er verzichten!

Halt! Stopp! Um Haaresbreite hätte er das Hinweisschild OSTENDORF übersehen. Gerade noch rechtzeitig konnte er den Blinker nach rechts setzen. Der Schweizer war nur wenige Kilometer gefahren, und sichtlich erleichtert atmete er tief durch. Ziel erreicht! KREISSTADT STEINFURT!

Er befand sich auf der Borghorster Straße. Schon von weitem erkannte er das Hinweisschild. Schwarze Schrift auf weißem Untergrund. Das Bagno lag unmittelbar vor ihm. Der Herr aus dem Kanton Luzern bedauerte es, dass er den Luxuswagen gleich hier auf dem Parkplatz stehen lassen musste. Nur allzu gerne wäre er direkt bis zur Konzertgalerie gefahren und hätte mit dem Schlitten geprotzt. Doch sicherlich würde sich die Gelegenheit dazu noch ergeben. Langsam und mit Bedacht schlenderte er auf die Fußgängerbrücke zu. Die Stille – beinahe Grabesstille – irritierte ihn. »Eine einsame Gegend«, murmelte er vor sich hin und schaute zur Uhr, als er pünktlich das ockerfarbene Bauwerk erreicht hatte. Eine weibliche Person jedoch war nirgends zu sehen. Weshalb verspätete sich Greta B.? Eine unzuverlässige Frau? Taktik? Ruhe bewahren, dachte er und versuchte, sich auf eine kurze Wartezeit einzustellen. Ungeduldig ging er vor dem Gebäude auf und ab, und seine Miene verfinsterte sich, als sie nach siebzehn Minuten noch immer nicht erschienen war. Zornig stieß er mit der rechten Fußspitze gegen einen vor ihm liegenden Stein und schlug den Weg zurück zum Parkplatz ein.

Der Porsche, der soeben vorgefahren war, erregte nicht nur seine Aufmerksamkeit, sondern offensichtlich auch die des Mannes, der urplötzlich aufgetaucht war und in diskreter Entfernung im Golfdress seinem uralten Lieferwagen entstieg.

»Das passt ja wohl gar nicht zusammen«, entfuhr es ihm ganz unvermittelt. Doch seine Blicke konzentrierten sich jetzt ausschließlich auf die Lady, die die Fahrertür ihres Sportwagens öffnete und ihm mit einem betörenden Lächeln entgegentrat. Das Abbild einer Göttin stand vor ihm. Das Gesamtbild entsprach absolut ihrer Beschreibung in der Annonce.

»Tut mir wahnsinnig Leid«, sagte sie mit einem Ausdruck des Bedauerns, »aber ich hatte Schwierigkeiten mit diesem Wagen« und wies auf das rote Prunkstück. »Ja, ja, das kommt schon mal vor«, entgegnete er ganz banal und war wütend darüber, dass ihm im Moment nichts Plausibleres einfiel. Die Frau raubte ihm beinahe den Verstand, und sie war es, die die Situation rettete und weiterhin die Gesprächsführung übernahm, indem sie fortfuhr: »Das Ding da ist doch sicherlich nur ein Leihwagen, den du am Flughafen gemietet hast.« Mit dem Daumen ihrer linken Hand wies sie auf den schwarzen Mercedes, der direkt neben ihrem Wagen stand. Was sollte das heißen? Er interpretierte diese Äußerung schon beinahe als abfällige Bemerkung und wurde plötzlich hellwach. »Ja, das ist…«

Greta B. ließ ihn den Satz erst gar nicht vollenden und fuhr fort: »Wir sollten gleich zur Sache kommen und auf einen Kaffee zu mir nach Hause fahren.« Diese Spontaneität gefiel dem Schweizer, und ihr Angebot war ganz in seinem Sinne. Egal was sie auch mit der Aussage: »Gleich zur Sache kommen«, gemeint haben mochte.

Louis A. verfolgte nur e i n Ziel und das hieß: Gnadenlos wollte er von ihrem Vermögen profitieren. Er würde alle Register ziehen und selbst vor einer erneuten Straftat nicht zurückschrecken.

»Du solltest das Auto hier stehen lassen und in meinen Wagen einsteigen, das halte ich für sinnvoller, denn Parkplätze sind knapp in der City.« Gretas Äußerung machte ihn stutzig. Gehörte zu ihrer Luxusvilla etwa keine hauseigene Abstellfläche für PKW? Hatte er möglicherweise mit falschen Erwartungen seine Reise nach Steinfurt angetreten?

Mit einem mulmigen Gefühl ließ er sich auf dem Beifahrersitz des Sportwagens nieder. Ihr unsicherer Fahrstil machte ihn nervös. Augenscheinlich war sie mit dem Auto nicht besonders vertraut. »Geleast«, schoss es ihm durch den Kopf. Völlig verkrampft umklammerte er mit beiden Händen den Sicherheitsgurt. Greta B. schien das nicht zu bemerken. Sie fuhr mit äußerster Konzentration, und ihre Mimik glich einer Maske. »Nur noch wenige Meter«, sagte sie, als sie soeben mit dem roten Porsche am Stadtmuseum vorbeifuhren. Abrupt stoppte sie den Wagen dann nach wenigen Sekunden und parkte dilettantisch am Straßenrand ein.

»Bescheiden«, entfuhr es ihm, als sie die Haustür des modrig riechenden Backsteingebäudes aufschloss. Mit hochrotem Kopf erwiderte sie: »Bin aus meinem Landhaus ausgezogen. War zu groß für mich alleine. Fühle mich hier wesentlich wohler.«

Mansardenwohnung! Billigste Ausstattung – taxierte er mit Kennerblick, und es fiel ihm wie Schuppen von den Augen. Die Frau hatte versucht, ihn mit der Annonce zu linken. Hass stieg in ihm auf! Blinde Wut! Das Maß war voll!

»Was soll das Versteckspiel«, fragte er mit belegter Stimme und griff zornig nach ihrem rechten Arm. Die Steinfurterin versuchte, sich mit allen Kräften zu wehren. Es kam zu einer massiven Auseinandersetzung, und die Situation eskalierte!

Für Bruchteile von Sekunden nahm er wahr, dass sich urplötzlich die Korridortür öffnete. Louis A. erkannte eine männliche Gestalt, die mit lautem Getöse eine Golfausrüstung ins Zimmer schleppte. Ein kurzer Blickkontakt zwischen den beiden Männern – dann holte Thomas B. zu einem kräftigen Hieb aus.

Der Schlag traf Louis am Hinterkopf! Stille kehrte ein. Totenstille!

»Das war nicht vereinbart«, hauchte Greta B. und sah ihren Ehemann entsetzt an.

»Ruhe! Wir durchsuchen erst einmal seine Taschen und das Gepäck«, herrschte er sie an. Wutentbrannt musste der Schläger bereits nach wenigen Minuten feststellen, dass die Beute mehr als mager ausfiel. An Bargeld hatte er Herr aus dem Kanton Luzern nur knapp 240 Sfr. mit sich geführt.

»Verdammter Irrtum! Nicht einmal Kreditkarten in seiner Brieftasche«, fluchte der Mörder.

»Was jetzt? Wohin mit der Leiche?«, flüsterte die Inserentin. Seine Antwort war kurz und knapp. »Dumme Frage! Wir lassen den Toten verschwinden. Im Dortmund-Ems-Kanal!«

Nur mit größter Mühe war es dem Ehepaar gelungen, das Mordopfer – eingewickelt in alten Decken und

Betttüchern – zu ihrem klapprigen Lieferwagen zu schleppen. Es war weit nach Mitternacht, als Thomas B. den Anlasser betätigte und das Auto in Richtung Ibbenbüren steuerte. Pausenlos waren sowohl er als auch seine Ehefrau damit beschäftigt, in den Rückspiegel zu schauen, um auszuschließen, dass jemand sie verfolgte. Angstschweiß hatte sich auf seiner Stirn gebildet, als er von der B219 abbog auf das Hafengelände in Ibbenbüren-Dörenthe.

»Los! Raus! Pack mit an!« Sein schroffer Ton ließ keine Widerworte zu. Greta B. kannte ihren jähzornigen Mann sehr genau. Jetzt nur nicht falsch reagieren!

»Runter mit ihm«, zischte der Mörder und nahm eine drohende Haltung ein, nachdem er die Leiche mit Steinen beschwert hatte und sie sich direkt an der Spundwand befanden. Mit schlotternden Knien und zitternden Händen befolgte sie jeden Befehl, den er gab.

Greta B. fühlte sie wie in Trance. Wie konnte sie mit dieser Schuld weiterleben? Weshalb hatte sie sich dazu hinreißen lassen, auf die Wahnsinnsidee ihres Mannes einzugehen, eine Heiratsannonce zu starten? Er hatte sie dazu überredet, eine Anzeige aufzugeben, um sich finanziell zu sanieren. Sie standen mit einem miesen Schuldenberg da. Noch jetzt klangen ihr seine Worte im Ohr. »Ein Schweizer hat sich gemeldet? Der hat Kies! Garantiert! Den werden wir lang abkassieren«, hatte er gesagt.

Louis A. allerdings war offensichtlich selbst kein Krösus gewesen und wollte sich wohl der gleichen Masche bedienen.

Langsam und wie traumatisiert setzte Greta B. sich in Bewegung und steuerte auf die Uferböschung zu. Die rabenschwarze Nacht ließ ihren leeren Gesichtsausdruck nicht erkennen.

Leichtes Spiel für ihren Ehemann, der ihr auf leisen Sohlen Schritt für Schritt gefolgt war.

Ein gezielter Fausthieb genügte. JETZT! Die Mitwisserin geriet ins Taumeln und versuchte mit letzter Kraft, sich an einen Ginsterstrauch zu klammern. VERGEBENS!

Ihr kurzer gellender Aufschrei hallte durch das verlassene Hafengelände, bevor der leblose Körper von den grauen Wellen davongetragen wurde.

Mehr von Liesel Albers

ISBN 978-3-86805-112-4

Mehr von Liesel Albers

Liesel Albers

Schleichende Katzen

Kurzurlaub
mit ungeahnten Folgen

Kriminalromane

ISBN 978-3-86805-112-4